철든책방

썰든책방

제일
시끄러운
애가
하는

제일
조용한,
만만한
책방

▌▌

대표 노홍철
직원 노홍철
싹다 노홍철

1
—

철든책방은 노홍'철이 들어' 있을 때만 운영됩니다.

2
—

1층은 책방, 2층은 저의 집, 지하는 워크숍 룸과 강연장, 옥상은
철든책방 독자들을 위한 루프톱 공간으로 구성되어 있습니다.
영업일에는 편히 책을 볼 수 있도록 모든 공간을 개방합니다.

3
—

세 가지 섹션으로 나뉜 1층 책방에서는 다양한 주제의 기획전이 펼쳐집니다.

4
—

지하 공간에서는 비정기적으로 워크숍과 강연 행사가 마련됩니다.
여러 분야 작가들을 비롯해 전시 공간이 필요한 분들에게 대관 서비스도 제공하니
많은 문의 바랍니다.

5
—

대문에 들어서면 동상과 홍철전을 마주하게 됩니다.
극히 가벼운 '경한' 마음으로 바라보거나 체험하신 뒤,
거울의 방에서 자신의 자아와 마주해보세요.
셀카를 찍거나 매무새를 단장해도 무관합니다. 그 또한 자신을 돌아보는 것이니까요.
그렇게 마음을 비우고 평온해졌다면,
이제 책방에 입장하셔도 좋습니다.

6

철든책방은 에어컨 실외기 바람을 걱정할 정도로
이웃과 붙어서 함께 살아가는 동네 책방입니다.
대문 안 쪽의 홍철 동상이 시야에 들어온 순간부터는
소곤소곤 목소리를 낮추거나 침묵해주시길 정중히 부탁드립니다.

7

철든책방에서는 다양한 이벤트와 행사를 기획하고 있습니다.
밤 10시부터 아침 10시까지 책방 운영자와 함께 지내면서
철든책방의 모든 책과 공간을 마음껏 누릴 수 있는 북스테이 '특별전' 등의
이벤트가 때때로 진행되오니
늘 저희 책방 소식에 귀를 기울여주시기 바랍니다.

8

운영 시간, 워크숍 스케줄, 행사, 북스테이 신청 등등 철든책방 관련 소식은
www.chuldnbooks.com 을 통해 만나보실 수 있습니다.

그럼 뿅.

IF IT'S

NOT FUN,

WHY

DO IT?

세상에서 가장
만만한 책방

철든책방은 이 세상에서 책을 가장 싫어하던 사람이 차린 만만한 책방이다. 나는 어려서부터 책을 안 좋아하다 못해 싫어했다. 그렇게 평생 책과는 담을 쌓고 지낼 것 같았는데 읽다 보니 어느 순간 책이 좋아졌고, 이것만큼 좋은 게 없다고 느낄 정도로 큰 즐거움을 얻었다. 그래서 내가 경험한 이 느낌들을 더 많은 사람들과 나누고 싶어졌다. 책방을 차리게 된 이유 중 한 가지도 예전의 나처럼 책과 친하지 않은 사람들이 책을 만만하게 접했으면 하는 마음에서였다. 누군가가 철든책방에 와서 내가 경험한 즐거움을 느끼거나 한 걸음이라도 더 책과 가까워진다면 그것만으로도 책방을 하는 목적과 보람은 충분하다.

CHULDNBOOKS

해방촌에 데려다준
매니저

얼마 전까지 소속사 없이 활동하느라 개인 매니저를 직접 고용하던 나는 면접을 볼 때 늘 먼저 이렇게 양해를 구했다. "A-Yo! 굉장히 조심스럽게 하는 얘기지만 나는 좌우명이 'If it is not fun, why do it!'이라서 방송보다 재밌는 일이 생기면 방송을 줄이거나, 전혀 다른 일을 할 수도 있어. 그러니 신중히 생각해보고 결정을 해줘!!!" 그런데 흔쾌히 알겠다고 했다. 나중에 들어보니 이 친구도 원래 어디 매여 사는 성격이 아니어서 이런 말이 오히려 더 당겼다고 한다.

늘 열심히 하는 친구라 일을 시작하고 금방 친해졌다. 그러던 어느날 이 친구가 지낼 곳이 마땅치 않은 상황이 생겼다. 방을 구하면 내가 결제를 해주겠다고 했더니 얼마 후 해방촌 어느 구석에다 방을 얻었다고 연락이 왔다. "오! 해방촌? 왜 해방촌이야?"라고 물었더니 월세가 싸서 그랬단다. 착한 친구여서 괜히 미안하니까 싼 방을 찾다가 해방촌으로 들어간 거였다. 혹시 부담을 갖을까봐 장난스럽게, 공짜 아니니까 걱정 말라며 평생 충성을 맹세하는 서약서를 서로 깔깔 웃어가며 썼다(아직 집에 있다).

나는 기본적으로 매니저의 도움을 많이 받는 것을 싫어해서 웬만한 스케줄에는 굳이 불러내지 않는다. 이 친구는 활동적이라 일이 하고 싶어 안달인데도 난 "쉬어, 놀아" 그러고는 촬영이 아닌 혼자 가도 되는 스케줄의 경우 대부분 내가 운전해서 다녔다. 내 입장에서는 생활 감각을 유지할 필요가 있었다. 이런저런 장사나 사업을 하던 내가 방송을 하다 보니 사업에 대한 감각이 퇴화된 것처럼 느껴져서 일상의 사소한 일이라도 안 하는 버릇을 들이다 보면 결국 못하게 되는 경우가 생길 것 같았다. 그러다 보니 동네 이웃들이 봤을 땐 이 친구가 직업은 노홍철 매니저라지만 놀고먹는 한량에 가까워 보였을 것이다.

그렇게 지내는 사이 이 친구가 해방촌의 분위기에 푹 빠졌다. 내게도 해방촌에 대한 이런저런 이야기를 들려줬다. 동네 커피숍, 이탈리아 피자 가게 사장님 등등 이웃 사람들과 사업 이야기를 나눌 정도로 가까워졌다고 했다. "야, 그럼 난 상관없으니까 친해졌으면 동업하자고 해봐. 나한테 출근하는 거 좀 줄이더라도, 월급 주는 거 모아서 말이야." 그랬더니 이 친구 왈, 미안해서 그렇게는 못 하겠단다. 그래서 "그럼 네가 생고생이 되긴 하겠지만, 이 동네 보니까 각자 셀프인테리어를 하던데, 내가 작게 투자할 테니까 그렇게 차려보는 건 어때?"라고 제안했다. 그 친구는 일을 하고 싶어했고 해방촌의 삶을 매우 즐거워했다. 나도 무언가 새로운 일 벌이기를 좋아하고 내 공간에 대한 로망도 있었기에 나쁠 것 없다고, 함께 해보자고 했다. 그런 얘기가 오가던 중 내 잘못으로 인해 나와 그 친구는 정말로 하루아침에 일을 쉬게 됐다.

그리고 얼마의 시간이 흐른 후 그 친구를 간만에 만났다. 내가 연결해준 매니저 일이 잘 안 풀렸다는 소식이 들리길래 어떻게 지내나 궁금하던 차였다. 그 친구 얘기를 들어보니, 지금은 친하게 드나드는 단골 카페가 해방촌 아랫동네에서 윗동네로 옮겨 가게 되어 그곳 공사를 도와주며 지내고 있다고 했다. 왜 잘되는 가게가 굳이 언덕 위로 올라갔냐고 물으니, 그 친구의 눈이 동그래지더니 "형님, 아직 안 가보셨어요?" 한다. 윗동네에 햄버거 가게가 하나 있는데 내가 가면 좋아할 거라며 한번 가보라고 추천했다.

아니나 다를까, 윗동네 해방촌에 처음 간 날 나는 그곳 분위기에 단박에 사로잡혔다. 그 친구가 내 곁에서 매니저로 일하면서 내 취향을 제대로 알고 있었다. 첫 느낌, 첫눈에, 그렇게 그 동네에 꽂혔다.

몇 주 동안 108계단부터 시작해서 뒷골목까지 구석구석 골목골목 돌아다녔다. 정말 신기한 게, 지리적으로는 분명 서울의 중심인데 어디 저 먼 시골 읍내에 온 것 같은 정겨운 동네 분위기가 반가웠다. 매일 와서 보니 해방촌 사람들이 만드는 풍경이 점차 눈에 들어오기 시작했다. 거리에는 항상 할아버지, 할머니들이 나와서 이야기하고 계시고, 조금 있으면 교복 입은 십대 아이들이 우르르 지나간다. 그 사이를 개성 강한 아티스트 같은 친구들이 작업하다 말고 나온 앞치마 차림으로 재료를 한 아름씩 들고 오가고, 또 조금 있으면 다양한 국적의 외국인들이 주민들 사이로 어색하면서도 자연스럽게 섞여들어 동네에 활기를 불어넣는다. 그 광경을 보고 있으면 마음이 거짓말처럼 편해졌다. 해방촌에는 모든 것이 존재하는데다 내가 사랑하는 자유로움이 흘러넘쳤다.

남산도서관과
아버지

　우리 아버지는 학자 스타일이다. 나와 정반대라고 보면 정확하다. 아버지는 시골 농부의 아들로 태어났지만 할아버지는 자식 교육에 아낌이 없으셨다. 아버지는 충청도 서천에서 대전으로, 다시 서울로 유학을 갔고, 졸업하자마자 대기업에 취직해 평생을 그곳에 몸담다가 은퇴하셨다. 드라마 같은 데 나오는 도시화의 전형적인 삶을 사신 분이다. 아버지는 자식을 위해 땀 흘리고 계실 부모님께 보답하기 위해서라도 학창 시절엔 열심히 공부하고 취직해서는 일요일에도 출근할 정도로 성실히 일하셨다. 평생을 그렇게 보내셨으니 공부도 얼마나 잘하고 좋아하셨겠나. 그래서인지 은퇴 후에도 매일 출근하다시피 남산도서관에 다니셨다. 물론 나는 그때만 해도 내가 고등학생 때도 안 갔던 도서관을 왜 아버지가 가시는지 전혀 이해하지 못했다.

　그 무렵 군대에 갔다. 휴가를 나와보니 사회에서의 일분일초가 금쪽같았다. 차가 있으면 시간을 아낄 수 있을 것 같아 염치 불구하고 아버지께 부탁을 드렸다. 그리고 도서관을 다니시는 아버지를 위해 며칠의 휴가 동안 아침저녁으로 운전기사 노릇을 자청했다. 그렇게 자연스럽게 낮에는 남산도서관으로 향하면서,

밤에는 집으로 돌아오면서 남산 남쪽 기슭의 소월길을 몇 번 달리게 됐다. 처음엔 무심히 지나쳤는데, 점차 풍경이 눈에 들어오기 시작했다. 그리고 군대에서 휴가를 나올 때마다 철따라 옷을 갈아입은 아름다운 소월길에 마음을 빼앗겼다.

특히 가을은 충격적으로 좋았다. 멀리서 바라보는, 우뚝 솟은 남산타워를 둘러싼 울긋불긋한 단풍도 멋지지만, 그 속으로 들어가 나부끼는 노란 잎들 사이를 달리는 기분은 가슴 터질 듯한 감동이었다. 벚꽃 핀 봄의 아름다움도 빼놓을 수 없었다. 사계의 변화뿐 아니라 밤이면 운치 있는 야경으로, 낮이면 전혀 다른 느낌의 풍광으로 기분 좋게 해주었다. 그즈음 남산은 내가 서울에서 한강만큼이나 좋아하는 장소가 됐다.

한번은 도저히 그대로 지나칠 수 없어서 소월길 가에 차를 세워놓고 천천히 둘러봤다. 남산 아래쪽을 내려다보다가 문득 이런 생각이 들었다. '아, 이렇게 멋진 남산을 가까이에서 매일 바라보며 걸어다닐 수 있는 사람들은 얼마나 좋을까. 나도 이다음에 이 동네에서 한번 살아보고 싶다.' 아마도 그때가 해방촌을 내 마음속에 처음 품은 순간이었다.

신흥시장에서 만난
젊은 친구들

해방촌이 좋아서 구석구석 훑어보고 다닐 때였다. 어느 날 쇠락한 시장 한가운데서 뭔가 뚝딱뚝딱 하는 소리가 들렸다. 소리를 따라 찾아가보니 젊은 친구 둘이서 망치질을 하고 있었다. 얼마 후 다시 가봤더니 둘이서 칠을 하고 있고, 며칠 후 또 가봤더니 뭔가 완성되어 있었다. 그 과정을 며칠 쭉 지켜보다 말을 붙였다. 형 동생 하는 사이인 둘이서 카페를 차렸다고 했다. 좋아하는 일을 하고 있는 사람에게서 느껴지는 설렘과 스스로 무언가를 만들어간다는 뿌듯한 자부심이 느껴졌다. 자기들 힘만으로 새로운 일에 도전하는 스토리에서 느껴지는 신선한 에너지도 에너지지만, 공간이 한마디로 끝내줬다. 텅 비다시피 한 시장 안에 떡하니 자리 잡은 카페의 모습이 해방촌다워서 인상적이었다.

며칠 후 카페 오픈 소식을 듣고 찾아가봤다. 카운터 바가 있는 1층이 비어 있어, 2층에 올라가보니 주인장 둘이서 마주 앉아 컵라면에 소주를 마시고 있었다. 끼어 앉아 둘의 이야기를 들어봤다. 홍대의 한 커피숍에서 함께 일하다가 의기투합해 동업하기로 했는데 창업 자금이 넉넉지 않아 임대료 부담이 덜한 동네를 찾아 여기까지 오게 됐고 대부분의 공사도 둘이서 두 팔 걷어붙이고 했다고 한다. 그래도 힘들지 않았던 게, 둘이서 감당 못할 정도로 대박 나면 어쩌나 하는 기대감이 있었단다. 하지만 기대와 달리, 아무도 오지 않았다.

"이제 어쩌죠?"라는 그들의 걱정에 괜찮을 거라는 위로도 건네고 넋두리도 들어줬다. 그러다 이야기 끝에 혹시 나도 이 시장에 들어와도 되냐고 물었다. 그랬더니 대찬성이란다. "얼마든지요. 우리 함께 힘내요."

그 뒤로 한동안 나는 모든 미팅이나 만남을 이곳 '오랑오랑'에서 가졌다. 당시는 어차피 내가 머무는 곳이 집 아니면 해방촌이었고, 이런 공간이 있는 해방촌이란 동네를 더 많은 사람들에게 알리고 싶었다. 다행히 지금은 이곳만의 매력이 어느 정도 소문이 나서 소주 마시면서 쪽박을 걱정할 정도는 아닌 것 같다. 그리고 그날 같이 힘을 내보자는 말이 연결 고리가 됐나 보다. 어느새 나는 지금 신흥시장에 터를 잡고, 책방을 운영하고 있다.

손전등 갤러리

지난 4월의 어느 봄날 오랑오랑에서 미팅 중이었는데 따랑따랑, 모르는 번호로 전화가 울렸다. 받고 보니, 신기하게도 바로 옆 테이블에서 걸려온 전화였다. 나는 해방촌에 꽂히고 나서 인터넷이든 책이든 이 동네와 관련된 이야기들을 눈에 띄는 대로 찾아봤다. 그러던 중 한 포털에서 해방촌 작가들이 모여서 만든 축제 '해방촌 아티스트 오픈스튜디오', 일명 '하오'에 관한 글을 읽고 해방촌 아티스트들과 친해지고 싶은 마음에, 글을 작성한 아티스트에게 연락해 전화번호를 주고받은 적이 있었다. 그런데 그 아티스트가 나를 알아보고 연락을 해온 거였다. 마침 그날이 오랑오랑에서 하오의 첫번째 회의가 열리는 날이었다. 이런 우연이 있나. 덕분에 그들의 회의에 합석하게 됐다.

조금 있으니 생각보다 많은 수의 아티스트가 속속 모여들었다. "저는 타투를 해요", "저희는 설치미술을 해요", "금속공예를 해요", "건축사예요" 등등 다종다양한 분야의 아티스트들이 함께했다. 행사 준비에 관한 이야기까지 함께 듣는데, 그들의 큰 난관 한 가지가 오픈스튜디오를 열 만한 공간, 그러니까 작업실이나 공방이 없는 그래픽 디자이너를 비롯한 아티스트들이 함께 모여 전시할 공간의 대관 문제였다. 대관 자금, 시기 등 여러 가지 어려움을 겪고 있었다. 그래서 혹시나 하는 마음에 내가 슬며시 제안을 해보았다. 오래된 일반 가정집이라 마땅치 않고 지저분할 수도 있지만 필요하다면 철든책방 공간을 마음대로 써도 괜찮다고. 의외로 반응이 뜨거웠다. 그래서 전시 공간으로 조금이라도 쓸모가 있게 철거를 서두르려고 했더니, 아티스트들은 오히려 공사 이전의 지금 모습 그대로를 원했다.

그렇게 2016년 5월 14일과 15일, 해방촌 아티스트 오픈스튜디오의 전시 공간으로 철든책방은 첫발을 내디뎠다. 마음껏 쓰라고 하긴 했지만 그 공간에서 과연 무엇을 할 수 있을까 조금 염려스러웠다. 하지만 아티스트들의 아이디어는 역시 상상 이상이었다. 정말 대박이었다. 그들이 생각한 건 손전등 갤러리였다. 정리 안 된 벽면이 지저분하니까 아예 지하를 깜깜하게 해놓고 각자 손전등을 들고 들어가 작품을 직접 비춰 보는 콘셉트의 전시였다. 아무것도 건드리지 않았는데, 아이디어 하나만으로 낡은 지하실이 예술적인 전시관으로 탈바꿈했다. 그 느낌이 너무 좋아서, 그 아이디어를 이어가고 싶어서, 나도 언젠가 기회가 닿는다면 철든책방 손전등 갤러리를 열어보고 싶다는 생각을 갖게 됐다.

이웃 공방에서 느낀
작은 행복

　해방촌에는 재미난 게 많다. 우연한 기회에 금속공예를 하는 공방에 놀러 간 적이 있다. 공방 주인과 이야기를 나누던 중 그 자리에서 바로 반지를 만들 수 있다는 말을 듣고 "말이 돼? 지금 바로 돼? 나 아무것도 모르는데?"라고 물었더니 가능하다고 했다. 그래서 공방에 간 김에 반지 만들기에 도전했다. 간단히 설명하자면 재료를 막대기로 계속 두드리고 갈아서 디테일을 만든 다음 광을 내는 일련의 작업을 거치는데, 옆에서 도움을 받을 수 있어서 큰 어려움은 없다. 도움의 정도에 따라 나 같은 초보자도 보통 반지 하나 만드는 데 한 시간 반에서 두 시간 정도면 된다.

　반지를 받을 친구가 나의 이런 작업 과정을 알면 더 좋아할 것 같아서 사진을 찍어달라고 부탁했다. 나중에 수작업 과정 컷까지 보여주며 선물했더니 친구가 예상했던 것 이상으로 감동했다. 그 공방은 판매가 주업인 곳이 아니라 포장도 투박했다. 비닐로 둘둘 싸서 파우치에 넣고 적당한 크기의 상자에 담아 테이프 찍 붙이고 도장 하나 쾅 찍은 게 다였다. 재료비부터 수작업 과정까지 들어간 비용은 단돈 몇만 원이었다. 하지만 선물을 받은 친구는 자신을 생각하며 손수 만든 정성을 느꼈는지, 백화점

의 명품 액세서리를 선물받은 것 이상으로 고마워했다. 그게 쑥
스러우면서도 나도 덩달아 기분 좋고 뿌듯했다. 게다가 뭔가 배
우는 것도 신났고 디테일 하나하나를 살리는 수공예 작업의 희
열도 짜릿했다.

　내가 한창 반지를 만들고 있을 때였다. 한 커플이 들어와
서 공방 주인에게 반지 수선을 부탁했다. "수선비는 얼마 드리면
돼요?" "아뇨, 그냥 해드릴게요." 공방 주인은 자기가 만든 반지
도 아닌데 굳이 대가를 마다한다. 이웃 간의 정으로 오히려 과자
를 나눠준다. 내 작업이 끝난 뒤 재미도 있고 아쉽기도 해서, 철
든책방을 본격적으로 시작하면 공방에 나와 제대로 수강을 하겠
다고 하니까 공방 주인이 손사래를 친다. 자기가 쓰고 있는 작업
대도 중고로 10만 원 주고 산 것이니 연습하고 싶으면 집에 하나
들여놓으면 된단다. 굳이 돈 내고 배우지 않아도 집에서도 충분
히 할 수 있으니 까다로운 나머지 공정만 도와주겠단다. 그러고
는 손톱 밑이 까만 손으로 투박하게 포장한 상자를 건네면서 말
했다. "이거 때 타서 광이 없어지면 언제든지 가져오세요."

해방촌 이웃집
놀러 가기

　해방촌 작가들은 실제로 어떻게 작업하는지 궁금해서 찾아다녀봤다. 외국인들이 자주 보이는 것 빼고는 평범한 주택가 언덕길을 내려가니 주차장을 개조한 공간에 커튼을 드리운 멋진 공방이 나왔다. 노크를 하자 문을 슥 열어주는데 왠지 비밀스러운 공간에 들어선 기분이었다. 안은 밖에서 보는 것과는 또 다른 느낌의 멋스러운 공간이었다. 처음 들어선 곳은 작은 매장이었다. 빈티지 인테리어 소품들과 직접 만든 스테인드글라스들이 걸려 있었다. 커튼을 젖히고 몇 걸음 더 들어서니 은은한 조명 아래 작은 주방을 겸한 카운터가 나왔고, 그 한쪽에도 마찬가지로 빈티지 소품들이 진열되어 있었다. 그리고 그 뒤로 커튼이 또 하나 드리워 있었다. 저 뒤쪽은 어떤 공간인지 묻자, 개인 작업 공간이라 원래는 공개를 안 하는데 내게 친근감이 들어서 특별히 보여준다고 했다. 그의 따뜻한 말이 고마웠다. 커튼을 살짝 걷으니, 멋 부리지 않아서 더 멋진 진짜 작업실이 나왔다. 세월과 작업의 흔적이 묻어 있는 작업대가 한눈에 들어왔다. 조명, 공구, 거기 놓인 소품 하나하나가 느낌이 있었다. 물건들 자체가 예쁘다기보다 세월의 흔적이 멋스럽고 공간에 잘 어울렸다. 작업대 뒤쪽 선반 뒤에는 침대도 있어서 작업하다 쓰러지듯 잠든다고 했다. 그렇게 그곳을 둘러보며 앉아서 이야기를 나누다 보니 어느새 한 시간 반이 훌쩍 지나 있었다.

　그다음으로 찾아간 도자기 공방은 3평짜리 공간이었다. 작은 공간인데도 조그만 화덕에 도자기를 구울 수 있는 모든 환경이 알차게 갖춰져 있고, 재료비를 포함해 2만 5천 원 정도만 내면 도자기 만드는 법을 배울 수도 있다고 했다. 그 골목 조금 아래쪽에 자리한 금속공예 공방이 바로 앞서 소개한, 주인장 인심 넉넉한 공방인데 다양한 금속으로 여러 가지 물건을 만드는 수업도 들을 수 있고 제품을 살 수도 있고 수선도 받을 수 있다. 그렇게 공방 투어를 하던 중, 나를 안다는 사람을 만났다. 6년 전 엄정화 누나 매니저로 일하다가 지난 5년 동안 가죽 공예를 배워서 지금은 후암동 언덕길에 가죽 공방을 차렸다고 했다. 워낙 멋진 곳이라 나도 몇 번이나 밖에서 구경했고 CF 촬영을 지켜보기도 했던 공방이 바로 그 친구의 공간이었다. 진정으로 좋아하는 일을 찾아 새로운 삶을 살고 있는 그 친구에게서 싱그러운 에너지가 느껴졌다.

　마지막으로 '스토리지북앤필름' 옆, 새가 그려진 녹색 벽의 작은 반지하 공간을 찾아갔다. 하얗게 페인트만 칠해놓은, 진짜 아무것도 없는 공간인데 이제 막 시작한 건축가, 웹투니스트, 타투 아티스트가 모여 있는 것만으로도 묘한 분위기가 났다. 그 느낌만으로도 전해지는 울림이 컸다. 그렇게 몇 시간을 해방촌 아티스트들을 찾아다니다 보니 점점 벅차올라 설렘의 한계치에 이르렀다. 맛있는 초콜릿을 한번에 다 먹지 않고 아껴두고 싶은 기분이랄까. 그래, 너무 재밌지만 오늘은 여기까지. "더이상 안 되겠어, 나 돌아갈래~!" 이 외침을 끝으로 해방촌 아티스트 탐방을 즐겁게 마무리했다.

해방촌 아티스트들과
함께하는 이유

어린 시절 미술대회에 나가면 가끔 상을 받아왔다. 부모님 덕분에 공부는 물론 피아노, 서예, 체육 등등 안 다녀본 학원이 없는데, 다른 건 아무리 해도 안 됐지만 미술은 신기하게도 상을 탔다. 고등학생 때 받은 적성검사에서도 문과와 이과는 현저히 낮은 수치로 비슷하게 나오고 예체능 적성만 월등히 높았다. 그래서 자연스레 '어, 미술을 할까?' 생각했다. 물론 부모님은 생각이 다르셨다. 특히 영문과를 졸업하고 대기업에 다니시던 아버지는 당시 장래를 생각하면 공대 쪽으로 진학하는 게 취업이 더 수월하지 않을까라는 생각을 갖고 계셨다. 그래서 학교 적성검사로 충분한데도 아버지가 몸담고 계신 회사에서 적성검사를 또 한 번 받았다. 물론 결과는 똑같았다.

아버지가 강압적으로 말씀하셨다면 엇나갔을지도 모르지만, 아버지가 내 입장에서 마음 헤아려주며 타이르듯 말씀해주시니까 부모님의 의견을 흘려들을 수 없었다. 그래서 아버지가 원하는 이과로 진학했다. 아마도 그때부터 내 안에 알게 모르게, 내가 '가지 않은 길'인 예술에 대한 로망이 자리를 잡았던 것 같다. 그즈음 나와 친하게 지내는 친구들은 죄다 미대를 준비하고 있었다.

대학에 진학하고 나서도 미대 다니는 친구들과 늘 함께 어울렸다. 친구들은 색감이 좋아서인지 꾸미고 다니는 모습도 개성이 넘쳤다. 머리 염색을 독특하게 한다거나, 옷을 자기 스타일로 리

폼해서 입는 친구들이 많았다. 그런 개성 있는 친구들이 좋아서 함께 어울렸고 그 영향으로 점점 더 아티스트들을 동경하게 됐다. 그 친구들은 나의 든든한 지원군이자 선생님이었다. 내가 대학생 신분으로 처음 장사를 시작한다고 했을 때 당시만 해도 귀했던 디지털카메라를 선뜻 빌려준 것도 그 친구들이고, 학교에서 이벤트를 한다고 하면 물감을 비롯해 이런저런 재료를 아낌없이 내주었다. 벽보 만들 일이 있으면 그 친구들이 멋지게 꾸며줬다. 시간이 더 흐른 뒤에는 나 홀로 여행이었다면 제대로 즐길 수 없었을 미술관, 박물관, 전시회 같은 곳들을 유학 간 친구들이 데려가주고 귀에 쏙쏙 들어오게 설명도 해줬다.

　　내가 해방촌에 꽂힌 중요한 이유 중 하나가 바로 아티스트다. 어렸을 때부터 친하게 지냈고 동경하던 아티스트의 삶을 사는 친구들이 구석구석 골목에 둥지를 틀고 있고 활동 분야도 매우 다양했다. 이들 가까이서 에너지도 느끼고, 배우고, 함께하고 싶어서 자주 만나다 보니 친해졌다. 작업할 공간이 없어서 힘든 친구도 만나고, 전시회를 여는 어려움에 대한 푸념도 들으며 스스럼없이 어울리다 보니 철든책방에 대한 이야기도 나오게 됐다. 그렇게 자연스럽게 같이 공간을 꾸미면 재밌을 것 같다고 제안해준 아티스트들이나, 내가 조심스레 말을 꺼냈는데 흔쾌히 응해준 아티스트들과 함께 작업해서 철든책방만의 색깔을 완성했다. 해방촌이기 때문에 가능한, 특별하고도 즐거운 일이었다.

해방촌에서 만난 서점
'스토리지북앤필름'

　해방촌에서 책방을 차리기로 한 다음 가장 많은 이야기를 나눈 사람이 스토리지북앤필름의 영규다. 처음 몇 번 갔을 땐 책상에 바리케이드가 높이 둘러쳐져 있어서인지 늘 자기 자리에 고개를 푹 숙이고 있는 듯 보였다. 누가 들어와도 딱히 인기척을 내지 않는 게 특이해 보이고 취급하는 책들도 내가 그동안 봐왔던 일반 서점하고 달라서 묻고 싶은 게 많았다. 하지만 눈을 맞출 수도 없고 일이 바쁜가 보다 싶어서 선뜻 다가가기도 말을 붙이기도 어려웠다. 그런데 몇 번 그러다 보니까 나도 편하게 느껴져서 더 부담 없이 들러보게 됐다.

　하루는 책 제목들이 워낙 구미가 당기는 게 많길래 "실례합니다. 책 추천 부탁드려도 될까요?" 하고 말을 걸었다. 그랬더니 흔쾌히 《괜찮아》《구여친》《록셔리》《사표》《맥주도감》《둔촌동 주공아파트》 등의 책에 대해 설명해주는데 내용과 콘셉트가 설명만으로도 재밌었다. 나처럼 책을 안 좋아하는 걸 넘어 싫어하는 사람도 혹할 만한 흥미로운 이야기였다. 그래서 집에 가서 보려고 책값을 계산하려는데 영규가 사지 말라고 했다. "네?" 당황하는 내 모습에, 짧아서 금방 볼 수 있으니까 웬만하면 여기서 다 보고 가라고 했다.

　지극히 개인적인 생각이지만 나는 그때 영규가 장사를 하는 게 아니라 자기가 속해 있는 이 문화를 진정 사랑한다는 느낌을 받았다. 영규가 은행을 그만두고 서점을 차린 것을 인생의 바캉스라고 말한 의미를 알 수 있을 것 같았다. 그냥 사진이 좋아서 카메라를 팔다가, 자기가 찍은 사진을 모은 사진집을 내게 됐고, 그러다 스토리지북앤필름이란 이름의 서점까지 차리게 됐구나 정도의 히스토리만 알던 때였다. 그러다 친해져서 지금의 서점을 하기까지 이 친구가 지나온 과정을 들어볼 기회가 있었는데, 우연이 겹치고 쌓인 이야기가 흥미로웠다.

영규도 처음엔 그저 사진 찍는 게 취미인 직장인이었다. 그날이 그날인 재미없는 은행을 다니면서 그나마 갖고 있던 유일한 취미가 필름 카메라로 사진을 찍는 거였다. 심심풀이 삼아 시작한 사진이 재밌어졌고, 마침 일본에 있는 누나를 통해 필름 카메라를 손쉽게 구할 수 있어 취미로 아는 사람들과 알음알음 거래를 하다가 아예 충무로의 한 건물에다 공간을 마련해 카메라 장사를 시작했다고 한다. 그러다 자비로 자신의 사진집을 제작하면서, 그때부터 독립출판이란 문화에 관심을 갖고 눈을 떴다고 한다. 영규가 사진집을 냈을 당시에는 다섯 개 정도밖에 안 되던 독립출판 서점의 높은 입점 기준을 통과 못 하면 독립출판물을 대중에게 선보일 기회가 없었다고 한다. 독립출판물인데 독립출판처럼 유통되지 못하는 현실이 싫어서, 영규는 카메라를 파는 공간 한쪽에다 아예 심사 기준 없는 독립서점을 차리게 된 거였다. 그렇게 서로를 알아가는 과정에서 받는 느낌과 생각 하나하나가 새롭고 좋았다.

나는 하고 싶은 걸 해내는 사람이 좋다. 그렇긴 해도 은행이라는 안정적인 직장을 포기하고 불안한 독립출판 서점을 낸다는 건 보통 용기로는 할 수 없는 일이다. 그런 선택을 했다는 것도 신기했고, 선택한 지금의 삶에 행복해하고 만족하는 모습은 더욱 인상적이었다. 영규에게 받은 느낌과 인상, 그리고 그의 도움은 내가 독립출판물을 다루는 책방을 하게 된 중요한 이유 중 하나다.

해방촌의
'콩밭 매는 아낙네'

간판이나 외관이 여느 카페처럼 꾸며져 있지 않고, 무심한 듯한 분위기가 생소하다. 주의 깊게 보지 않으면 카페인지도 모르고 지나칠 법한 곳이다. 평소 내가 다니던 카페들과는 전혀 달랐다. 인테리어도 대충 한 듯, 혹은 안 한 듯했다. 그런데 몇 번 찾아가 머물다 보니 '아, 여기가 바로 해방촌이구나' 싶은 이곳만의 편안함이 매력으로 다가왔다. 그러던 어느 날 이곳 단골이라는 스토리지북앤필름의 영규 소개로 카페 사장님과 처음 인사를 트고 이야기를 나누게 됐다. "제가 어떻게 부르는 게 편하세요?" 하고 물어보니 그냥 "콩밭"으로 불러달라고 했다. 가게 이름도 자기가 노래 〈칠갑산〉을 너무 좋아해서 "콩밭 매는 아낙네야~" 이 구절에서 따왔단다. 사장님의 얘기를 들어보니, 카페의 이름부터 소품 하나하나까지 의미가 담겨 있는 것이 해방촌 분위기와 묘하게 잘 어울렸다.

한번은 해방촌에 날 보러 온 지인들과 함께 이곳에 들렀다. 이제 좀 친해진 터라 "콩밭 사장님, 맛있는 음료 좀 추천해주세요" 했더니 "전 맛없는 건 안 만들어요"라는 퉁명스러운 대답이 돌아왔다. 립 서비스나 손님과 주고받는 농이 아니었다. 그런데 기분이 나쁜 게 아니라 그런 자부심, 해방촌에 있는 카페니까 보일 수 있는 그런 태도가 오히려 좋았다. 더치커피도 예쁜 병이 아니라 색다르게 참기름 병에 담아 파는데 그런 면이 재미도 재미지만 커피의 품질을 신뢰하게 만드는 것 같다. 알면 알수록 만나면 만날수록 해방촌은 정말이지 구석구석 보물이 가득 숨어 있는 동네.

해방촌
주민이 되다

해방촌에 머물러보니 이 동네가 더 좋아졌다. 하루는 퇴근 후 메이크업을 지울 클렌징폼이 없어서 책방 앞 슈퍼에 갔다. "선생님 실례지만 클렌징폼 있어요?" 사장님이 알려준 위치에 가보니 세 가지 종류가 있었다. 살펴보다 그중 한 가지를 집어 들었는데 내가 뭔가 잘못한 것처럼 사장님이 다급하게 뛰어오셨다. "말씀하셔도 들리는데 왜 뛰어오셨어요?" 그러자 내가 고른 제품은 사지 말라고 했다. 여기 있는 제품들을 직접 다 사용해봐서 아는데 어차피 다 좋은 물건들이니 굳이 내가 고른 6,800원짜리 말고 그 옆의 3,300원짜리를 사라며 손에 쥐여주셨다. 별일 아닐 수도 있지만, 그 순수한 정에 그날 하루 내내 마음이 따뜻하고 행복했다.

이 동네가 좋은 이유 또 하나. 아파트는 경비실 아니면 뭘 맡길 곳이 마땅치 않고, 경비실이 없는 아파트나 빌라의 경우는 더욱 난처하다. 그런데 여기는 이웃 분들이 알아서 도움을 주신다. 며칠 전 밤늦게 스케줄을 마치고 돌아와 밀렸던 정산 작업을 하고 있는데 누군가가 부르는 소리가 들려서 나가봤더니 옆집 할머니였다. 낮에 책 받아둔 것을 전해주려고 늦은 밤까지 기다리신 거다. 간혹 독립출판물 제작자분들이 책을 직접 가져다주는 경우가 있는데, 젊은 아가씨가 책을 들고 기다리고 있는 것이 안쓰러워서 받아주셨다고 했다.

또 하루는 라디오방송을 마치고 돌아오는데 미용실 아주머니가 부르셨다. 요리 잘 하니까 먹어보라며 멸치볶음 한 통 싸놓았으니 가져가라고 하셨다. 고마운 마음에 덥석 받아들지도 못하고 어쩔 줄 몰라하니, 라면 하나를 끓여 먹더라도 반찬 곁들여 제대로 먹으라며 턱 챙겨주셨다. 반찬 인심으로도 감사함에 어찌할 바를 모르겠는데, 책방 일로 날 만나러 왔다가 오래 기다리는 이들이 있으면 미용실에 선뜻 들여 편히 기다릴 곳을 내주신다.

어느 날, 책방 바로 앞 다모아식당에서 밥을 먹다가 사장님과 이야기를 나누게 됐다. 이 동네에서 오래 사신 분들이 생각하는 해방촌의 장점이 궁금해서 여쭤봤더니, 지체 없이 "이 동네는 노는 분이 안 계셔"라는 답이 돌아왔다. 생각해보니, 참기름집 사장님도 여든이시고, 매일 인사하며 마주하는 동네 어르신들 모두 여든, 아흔을 바라보는데 뭐든 하고 계신다. 우리 옆집 할머니도 하루에 몇 명이 오든 매출이 어떻든 매일 문을 여신다. 오늘 낮에도 라디오 방송을 마치고 돌아오는 길에 할머니가 장사 준비를 하고 계시길래 반갑게 인사를 드렸는데 날 못 알아보시는 눈치였다. 그래서 "어머님, 저 홍철이에요, 홍철이." 그러자 "아, 미안, 여기 빛이 이렇게 들이칠 때는 검은색이랑 흰색으로밖에 안 보여서" 하면서 다시 하루 장사를 위한 짐을 푸셨다.

라디오방송을 하면서 청취자 분들에게 받는 영향도 크지만, 이웃 어르신들의 삶은 내 눈으로 직접 보고 경험하면서 느끼는 거라 또 다른 깊이로 다가온다. 해방촌은 나에게 또 하나의 책방이다. 여기서 생활하는 하루하루가, 이웃 어르신들을 뵙고 나누는 이야기 하나하나가, 책을 읽는 것처럼 나를 가득 채운다. 나도 모르게 '더 열심히, 더 열심히 하자' 다짐하게 되고, 뭔가 크고 거창한 일이 아니더라도 오래도록 지치지 않고 꾸준히 누군가에게 도움이 되는 일을 하며 살고 싶다는 소망도 갖게 됐다.

물론 늘 빼먹지 않고 한소리들도 하신다. 왜 여자친구 안 만나냐, 이제라도 늦지 않았으니 벽을 헐어라, 간판을 달아야 손님들도 고생 안 하고 알아볼 수 있다고 잊을 만하면 말씀하신다. 그분들 마음이 감사할 따름이다.

나는 이런 해방촌이 더 좋아져서 아예 이사 오기로 결심했다. 해방촌이 좋은 이유를 놓고, 머지않아 상권이 넘어올 동네라서, 또는 지리적으로 서울의 중심이라서 좋다는 말들도 있다. 그런데 해방촌의 진정한 장점과 매력은 이런 경제적인 이유에 있지 않다. 해방촌이 좋은 이유는 돈으로 살 수 없는 값어치와 무한한 에너지와 오가는 정이 남다른, 살아가는 것 자체가 공부가 되고 인생이 되는 동네이기 때문이다.

CHULDNBOOKS

2

MAKING STORY

2015년
12월 31일

　　내 성향상 1월 1일은 특별하게 맞이한다. 나같이 오버하는 친구들은 기념일을 굉장히 중요하게 여기는데, 한번은 '1월 1일에 중국을 가야겠어. 대륙의 기운을 받아야 될 것 같아. 대륙의 정기를 받고 돌아와야겠어!' 하고는 아무런 준비도 없이 무작정 떠났다가 중국 여행 사업을 시작한 적도 있었다. 우리 형도 나와 성향이 비슷하다. 1월 1일에는 해남 땅끝마을에 있는 절에 찾아가 템플스테이를 하거나 히말라야에 가서 "야호!"를 외치는 특별한 이벤트를 벌이곤 한다.

　　2015년 12월 31일, 이날은 잊을 수가 없다. 촬영이 예상보다 길어져 저녁때도 아니고 늦은 밤도 아닌 9시에서 10시 사이에 애매하게 퇴근을 하게 됐다. 한 해의 마지막 날인데 같이 갔던 코디와 매니저에게 미안했다. 마침 장충동 족발거리를 지나던 참이라 멈춰서 조촐한 파티를 했다. 연말과 족발은 특이한 조합이니까 재밌게 여겨졌다. 족발집에 들어가보니 손님이 정말 우리밖에 없었다. 그렇게 잘 먹고, 수시로 전화를 울려대는 친구들 파티 소식에 그곳으로 넘어갈 계획이었다. 하지만 뻔한 연례행사 같은 송년회보다는 해방촌과 책방 생각이 머릿속에 맴돌았다. 해방촌 친구들은 오늘 같은 날 뭐 하고 지내나 싶어서 영규한테 연락해봤다.

아니나 다를까, 해방촌 독립출판 서점 주인들과 제작자들
이 '별책부록' 워크숍 공간에 모여 있다고 했다. 바로 달려갔다.
하얀 페인트만 칠해진, 아담한 테이블 하나 정도 들어가는 지하
방이었다. 그 테이블 위에 떡볶이며 오징어 땅콩, 미지근해진 페
트병 맥주와 음료를 놓고 서점 주인, 편집장 출신 제작자, 미술
가, 시가 쓰고 싶어 좋은 직장 때려치운 작가, 서점 아르바이트
도 이따금 하는 어린 작가 등등이 둘러앉아 이야기를 나누고 있
었다. 그 풍경이 편안하고 보기 좋았다. 살아온 이야기, 읽었던
책 이야기를 나누며 친구의 친구들도 오고 가는 자유로운 분위
기가 흥미로웠다. 툭툭 이야기해보면 모두가 내공 있는 사람들,
'아, 책을 많이 봐서 생각이 깊구나' 싶은 사람들이었다. 잠깐 들
를 마음으로 끼어 앉았다가 이야기에 빠져 있다 보니 어느새 새
벽 4시였다.

새해 첫날 새벽을 해방촌 지하에서 보내면서 '꼭 해야겠
다, 꼭 해야겠어, 하고 싶어 미치겠네'를 계속 되뇌었다. 그날 밤,
그곳에서 한 가지를 깨달았다. 그동안 책방을 준비하는 설렘으로
가슴 벅찼는데, 그때까지 내가 느꼈던 즐거움은 아무것도 아니었
다는 사실을.

철든책방이란
이름에 대하여

'별책부록'을 운영하는 승현이는 이야기를 잘 들어준다. 그러다 한마디씩 툭툭 하는데 그 말의 무게가 있는 사람이다. 내가 궁금한 게 많아서 실례를 무릅쓰고 자꾸 물어봐도 매번 진지하게 대답해주는 착한 친구다. 승현이는 살아온 길도 독특하다. 중국에서 영화 연출을 공부하고 돌아와서는 서촌에 있었던 우리나라 독립출판 1세대 서점 '가가린'에서 매니저로 약 5년 정도 일했다. 연출을 전공했지만 지금도 이따금 연기도 하고 오디션도 보러 다닌다. 가끔은 중국어도 가르친다고 한다. 자기만의 사연을 가진 사람들과 만나 이야기를 나누는 걸 즐기는 나로선 이런 이야기들이 흥미로웠다. 그래서 승현이는 더 친해지고 싶고 늘 궁금한 친구 중 한 명이다.

그날은 밖에서 들여다보기만 하던 '고요서사'에 처음 찾아간 날이었다. 그러다 스토리지북앤필름의 영규와 별책부록의 승현이가 합류해 해방촌 서점 사장들의 수다판이 벌어졌다. 이 친구들은 내가 책방을 준비한다니까 어떻게든 도와주고 싶어했다. 우선 책방 이름부터 정해야 한다고 조언했다. 그때까지만 해도 나는 지금보다 훨씬 더 소리 소문 없이 하고 싶었다. 이름 없이 조용히, 아는 사람만 찾아오는 곳, 혹은 워낙 구석진 자리니까 우연히 발견하면 들어오는 책방 정도로. 그렇게 말했더니 이구동성으로 안 된다고 했다. 책방 이름을 빨리 정하고 SNS와 블로그, 메일 계정을 만들어야 한다고 했다. '음, 그래?' 그럼 책방 이름으

로 어떤 것이 좋을지 한번 편히 이야기해보기로 했다. 이런저런 후보가 나왔지만 결론은 비슷하게 흘러갔다. 내가 벌였던 첫번째 사업이 '꿈과 모험의 홍철동산'이고 그다음에는 '노홍철닷컴'과 '홍철투어'였으니까 이번에도 '홍철문고', '홍철서점', '홍철책방' 정도에서 어떻게 정해볼 생각이었다.

그런데 갑자기 승현이가 그동안 어떻게 지냈는지 좀 들려 달라고 나지막이 말했다. 나는 원래 한자리에 여럿이 모여 있을 때 소외된 사람이 있는 걸 못 견디는 편이다. 그래서 가장 말수가 적은 승현이에게 먼저 말도 걸고 장난도 치고 있었는데, 그런 승현이가 먼저 내게 질문을 툭 던졌다. 그래서일까, 그간 지내온 이야기가 술술 나왔다.

그렇게 한참을 말하고 있는데, 잠자코 듣고 있던 승현이가 말을 꺼냈다. "이건 어때요? 철든책방?" 바로 딱 왔다. '어, 나 거기 있을 건데, 나 거기 들어 있을 건데.' 지금처럼 내 이름만 쓰는 것보다 함축된 의미가 있으니 더 괜찮다 싶었다. 승현이는 이야기를 듣다 보니 내가 생각이 많아지고 철이 든 것 같아서 생각해본 이름이라고 했는데 철든 건 여전히 전혀 없지만 내가 들어 있으니까 딱 들어맞는 절묘한 작명이었다. 책방 자리를 마련하기도 전이었지만 이렇게 동네 서점 선배들의 도움으로 이름부터 정하게 됐다. 이름이 정해지자, 앞길이 보다 명확해진 기분이었다. 그 후 철든책방이라는 여정이 본격적으로 시작됐다.

내게도 즐거운
철든책방

— 1 —

책방을 마련하니까 내 콘텐츠를 전시할 수 있는 공간이 생겼다. 난 정체성이 강한 편이라 어릴 적부터 나를 콘텐츠 삼아 이 것저것 만들기를 좋아했다. 중학생 때도 시디플레이어의 상표에 내 얼굴을 오려 붙이는 것으로도 모자라 액정 화면을 분해해서 그 안에 내 사진을 붙여 넣었다.

예전부터 내 콘텐츠를 만들어놓고 보여줄 수 있는 곳은 어떤 공간이어야 할까 고민했다. 무조건 늘어놓고 보여줄 수야 없으니 뭔가 콘셉트를 가진 매개 공간이 필요하고, 그렇다면 책방이 제격이겠다는 결론을 내렸다. 나만의 콘텐츠를 많이 살리면 살릴수록 나다운 공간을 만들 수 있으면서도, 기본적으로 책이 주인인 공간이니 한없이 가벼워지거나 장난스러워지지 않을테니까.

— 2 —

우리 형은 책이 주는 가치를 높이 평가하는 사람이다. 어렸을 때부터 항상 형은 내가 안 읽을 거라는 걸 알면서도 기회가 될 때마다 도움이 될 만한 책을 골라 선물해주고 인상 깊게 읽은 책 이야기를 들려주곤 했다. 그런데 그렇게 책을 안 읽던 내가 책방을 한다니까, 그것도 해방촌이라니까, 용산고 출신인 형이 환한 웃음을 띠고 반겼다.

형은 나와 가치관이 비슷하다. 돈이나 명예를 좇기보다 자기가 좋아하는 일을 하면서 편안하게 살 수 있는 삶을 추구한다. 내가 가끔 하는 일이 즐겁지 않다는 말을 하면 "홍철아, 인기나 출연료에 너무 연연해하지 말고 지금까지 해왔던 것처럼 하고 싶은 것을 찾아가" 하고 조언해주곤 했다. 그리고 책방을 한다는 소식에 형은 자기 일처럼 신나서 축하해줬다. "네가 책방을 한다니 진짜 좋다. 앞으로도 계속 이렇게 살았으면 좋겠어."

— 3 —

가끔 형과 함께 여행을 한다. 형수님이, 또는 형 친구들이 함께하기도 한다. 대부분 학자라서 세계 각지에 흩어져 지낸다. 형은 일본에, 형수는 캐나다에, 형의 물리학자 친구 부부는 얼마 전 돌아오기 전까지 독일에 머물렀다. 우리는 다 같이 휴가 일정을 맞춰서 독일에 모인 다음 가까운 나라로 함께 여행을 다니곤 했다. 이 멤버들과 함께한 여행이 즐거운 이유야 여러 가지지만, 무엇보다 애써 말할 필요가 없는 편안함이 좋았다. 특히 여행지에서의 평온한 저녁 시간이 행복한 기억으로 남아 있다. 큰 테이블에 각자 편안한 자세로 둘러앉아 자기 작업에 몰두하거나 책을 읽던 소중한 한 컷의 기억. 이 멤버들이 여행지 숙소의 느낌이 물씬 나는 철든책방 2층에 다 같이 모인다면 서울에서도 여행지에 함께 있는 것 같은 기분을 느낄 수 있을 것 같다.

— 4 —

　책방에 있으니까 나같이 책을 싫어하는 사람도 책을 보게 된다. 예전에도 가끔씩 서점에 들러 책 제목을 쭉 둘러보곤 했다. 저자와 출판사가 심혈을 기울여 뽑아놓은 문장과 단어들이니 제목만 훑는 재미도 쏠쏠했다. 그렇게 제목들을 보고 있으면 아이디어도 속속 떠오르고 사고의 전환도 할 수 있어 좋았다. 그런데 책방을 차리니 굳이 다른 서점에 따로 가지 않아도 늘 책을 접할 수 있고, 책도 술술 잘 읽혀 세상살이에 길잡이가 되어준다.

　큰 공간은 아니지만 지하부터 옥상까지 분위기를 바꿔가며 책을 읽을 다양한 공간이 있다는 것도 철든책방의 장점이다. 카페에 나가서 책을 읽어보니 잘 읽혀서 집을 카페처럼 바꿔보기도 했는데 아예 책방에 들어앉아 있으니 책이 훨씬 더 잘 읽힌다. 오픈하지 않는 날 혼자 책을 보기만 해도 내게는 좋은 일이다.

　이와 같이 책과 가까워지는 환경은 책방에서 얻을 가장 큰 소득이다. 철든책방에서 읽을 책들이 앞으로 살아가는 데 원천이 되었으면 좋겠다. 또한 내가 책에 대해 뭘 알아야 추천도 하고 팔기도 할 테니 가능하면 많이 읽어보고 싶다. 물론 꽤 오랜 시간이 걸리겠지만, 책에 대해 손님들에게 내 나름의 소견을 들려주고 싶은 원대한 바람도 있으니까.

아, 이런 거구나

우연히 '순례자의 길'을 걷게 됐을 때 주변 사람들이 조언하길, 겨울이니 여름만큼 사람이 많지 않을 테고 혼자 걸으면 시간도 많고 여유로우니 책이라도 좀 챙겨 가라고 했다. 그래서 짐을 최소화하기 위해, 여행지에서 보려고 싸온 책들을 대부분 이북으로 휴대폰에 담아 갔다. 순례자의 길을 걸으면서 책의 맛을 느껴보자고. 그러면 도시에서 읽을 때와는 또 다른 느낌을 받을 것만 같았다.

처음 들어간 알베르게(순례자들을 위한 저렴한 숙소)도 역시나 허름했다. 순례자의 길 자체가 꼭두새벽부터 시작되다 보니 밤이 조금 깊어지자 다들 불을 끄고 각자 어둠 속에서 조용히 짐 정리를 하거나 잠을 청했다. 나도 2층 침대에 자리잡고 누워서 순례자의 길을 걷는 순례자답게 파울로 코엘료의 《순례자》를 꺼냈다. 읽다 보니 내가 갔던 코스 그대로였다. 그래서 흥미를 붙이고 읽는데 그때 정말 신기한 경험을 했다. 내게 전율을 일으킨 그 구절이 머릿속에 또렷이 남아 있다.

"배는 항구에 있을 때 가장 안전하지만 배는 항구에 머물기 위해 만들어진 게 아닙니다."

사실 지금 보면 별것 아닌 것 같기도 하고, 만약 서울의 카페나 집에서 이 구절을 읽었다면 대수롭지 않게 봐 넘겼을 수도 있다. 그런데 순례자의 길의 어느 알베르게에서 읽은 그 순간 내 몸속에서 불꽃이 파박 튀었다. 그동안은 책을 보려고 해도 글이 눈에 들어오지 않아 읽히지 않았던 적이 많았는데, 그날은 문장 하나하나, 글자 하나하나가 알알이 뱃속에 이식되고 온몸에 쫙 스며드는 느낌이 들었다. 나는 암기력이 달려서 외우고 싶어도 잘 못 외우는데 이 구절은 저절로 내 머리에 이식되는 느낌이었다. 나로선 놀라운 경험이었다. 그 기분을 좀 더 느끼고 싶어서 책을 잠시 내려놓고 옆을 돌아봤는데 옆자리 2층 침대에서 어떤 장신의 모슬렘 아저씨가 조용히 가부좌를 틀고 명상을 하고 있었다. 불이 다 꺼진 깜깜하고 고요한 방에서 인기척도 못 느꼈던지라 너무 놀랐다. 하지만 곧 이 모든 상황이 흥미진진하게 다가왔다. 책을 읽다 느낀 감정, 지금 내가 누워 있는 공간의 풍경 자체가 생경했다. 그 낯설고 기묘한 상황 자체가 내 가슴을 벅차오르게 했다.

그것만으로도 충만했다. 지금 느끼는 이 충만한 감정을 더 간직하고 싶어서 내가 걸은 여정까지만 읽고 책을 덮었다. 그때 그 순간이 책과 가까워지는 계기가 됐다. 그다음 날부터 순례자의 길을 벗어나는 날까지 매일 밤 잠들기 전이면, 내 두 발로 걸었던 여정까지 《순례자》를 읽었다. 《순례자》 다음으로 《스님의 주례사》를 비롯해 여러 권의 책을 보는데 책이 주는 오묘한 즐거움과 매력, 여러 감정들을 새롭게 점점 더 많이 느낄 수 있었다. '아, 이런 거구나. 책이 주는 감흥이 이런 거구나.' 순례자의 길에서 보낸 밤은 내게 독서의 기쁨을 알게 해준 뜻깊은 시간이었다.

왜 벽을
그대로 둬?

옆집 할머니는 지금이라도 벽을 텄으면 좋겠는데 왜 안 트냐고 안타까워하신다. 이 집이 원래 예전에는 장사하던 집인데 지금이라도 벽을 없애고 쇼윈도를 끼우고 간판도 만들어 더 티 나게 장사해야 한다고 볼 때마다 걱정 어린 말씀을 하신다. 이처럼 해방촌은 이제 막 이사 온 이웃에게도 관심과 애정을 보여주는 정이 넘치는 동네다. 그런데 백번 옳은 감사한 말씀이지만 이 벽이야말로 철든책방의 정체성이다. 왁자지껄하게 판을 벌이는 게 아니라 아지트처럼 조용히, 혹은 처음부터 동네의 일부분이었던 것처럼 자연스럽게 스며들고 싶은 마음을 담은 벽이다.

사람과 사람이
만나는 동네 책방

철든책방은 해방촌의 축소판 같다. 다채롭고 활기찬 해방촌 풍경처럼 다양한 모습과 색깔을 가진 사람들이 이 공간에 모여든다. 동네 어르신부터 가족 단위 손님, 데이트하는 연인, 교복 입은 학생은 물론, 엄마 손 잡고 와서 신나게 뛰어다니는 귀여운 흑인 아이들과 필라테스를 가르치는 브라질 친구, 동네 일본인 손님들이 어우러져, 다른 동네 책방에서는 보기 힘든 진기한 광경이 펼쳐진다. 내가 이 동네에 처음 매력을 느꼈던 건 어르신부터 학생까지 다양한 세대의 사람들과 다양한 국적을 가진 외국인들이 한데 어우러지는 풍경을 마주하면서였다. 그런데 내가 마련한 공간에서 그 광경이 똑같이 펼쳐지니 반갑고 놀라웠다.

책을 보고 사는 것이 존재 이유의 대부분인 대형 서점과 달리 동네 책방의 매력은 이런 것 같다. 철든책방을 환영한다는 인사와 함께 동네의 맛있는 컵밥집을 알려주는 쪽지를 다자이 오사무의 책과 함께 담 위에다 올려놓고 간 앞집 여학생, 도시락 선물을 가져왔다가 밥 먹을 상황이 아닌 걸 보고 다시 김밥을 사온 손님, 시장 안 떡집에서 산 떡 봉지를 들고 찾아온 어린 학생, 결혼을 앞둔 아들 커플을 데리고 온 어르신 등등 남녀노소를 가릴 것 없는 이웃, 손님들과 어우러져 인사를 나누고 음료와 과일을 나눠 먹으며 마음을 주고받는 공간. 어느 커플이 자연스럽게 고민 상담을 청할 수 있는 분위기가 연출되는 공간. 내가 그동안 철든책방을 준비하면서 꿈꿔왔던, 책과 공간을 매개로 다양한 사람들과 이야기를 하고 정을 나누는 풍경이 실제 현실이 되어 펼쳐지니 하루하루가 설레고 더할 나위 없이 행복하다.

행복한
재입고 주문

처음 문을 열어서인지 예상보다 많은 손님이 찾아주셨다. 소소하게 찾아주리라 짐작하고 책 수량을 너무 적게 잡았던 탓에 서가는 첫주 영업 후 텅텅 비어버렸다. 책방 주인으로서 다음 주 오픈을 위해 재입고 작업을 서둘러야 했다. POS(판매관리시스템)를 보고 가장 많이 팔린 도서를 파악하고, 내가 추천하고 싶은 책, 내가 읽고 싶은 책 목록을 정리해 물류 업체에 주문을 넣었다. 독립출판 제작자들에게도 일일이 연락했다. 새로 입고된 책들을 등록하고 재고 정리도 했다. 그래도 오픈 전에 한번 해본 작업이라 한결 속도도 빨라졌고, 뿌듯함도 느꼈다.

그러던 중 한 제작자가 책을 언제까지 보내겠다는 대답 대신 특별한 소식을 전해왔다. "저 다시 인쇄하기로 했어요." 한동안 책이 안 나가서 제작을 멈춘 상태였는데, 내가 재입고 주문을 하면서 새로 책을 찍게 됐다고 했다. 고맙다는 인사도 함께 전해왔다. 밀려오는 보람찬 기분. 이 뿌듯함은 책방 주인만이 느낄 수 있는 기쁨인 것 같다.

생각지도 못한
선물

    책방 주인이 되니까 오히려 책 선물이 더 늘었다. 책으로 둘러싸인 공간에 있어서인지 책을 싫어했던 내가 이제는 책과 잘 어울린다는 말을 듣기도 한다. 그냥 책만 선물하는 게 아니라 책이 주는 감동까지 나누고자 하는 분들도 있다. 오픈 첫날 한 손님은 한번 구경한 다음 다시 와서는 본인이 감명 깊게 읽은 책을 다른 분들도 읽을 수 있게 기부하고 싶다고 했다. 마다할 이유가 없었다. 그 책이 주는 재미와 의미를 다른 분들이 쉽게 알 수 있도록 메모를 부탁했더니 흔쾌히 짧은 추천사를 남겨주었다. 추천사를 적어 놓은 책들을 보니까 그것 자체로도 충분히 이야깃거리가 됐다. 처음 준비할 때는 기획전 형식으로 제동이 형, 박웅현 형님, 손미나 아나운서와 친구인 오상진, 친한 동생인 장기하 등 대중에게 친근한 동료나 지인의 추천을 받는 것을 생각했다. 그런데 대중적인 인지도가 있는 이가 아니더라도 책을 좋아하는 사람이라면 누구나 책에서 느낀 감동과 의미를 공유하고 나누는

것이 만만한 책방, 철든책방답게 느껴졌다.

상진이는 누구보다 적극적이다. 처음 소개하려고 가져온 책의 종수가 부족한 것 같다며, 내가 없을 때 다시 책을 더 가져 와서 새로 진열하고 책마다 소개하는 이유를 손수 써 붙여놓고 갔다. 그러고는 매월 초 서로 일정을 미리 확인해서 내가 문을 열 기 어려울 때는 자기가 이 공간을 지키는 건 어떻겠냐는 미안하 면서도 고마운 제안을 했다. 나야 신나게 벌인 일이지만 힘들 수 도 있는 일이라 선뜻 대답을 못 하자 오랫동안 품어온 로망이라 며 괜찮다고 했다. 말만으로도 든든하고 기분이 좋아졌다. 이처 럼 책방을 시작하니까 생각하지 못했던 아이디어와 기대했던 것 이상의 기분 좋은 일들이 여기저기서 벌어졌다. 매일매일 언제 어디서 날아들지 모르는 선물. 이런 뜻밖의 선물들이 요즘 나의 하루하루에 신선한 활력을 불어넣어준다.

CHULDNBOOKS

3

BEFORE&AFTER

도대체 어디지?

이 공간을 마련하기까지 해방촌을 꽤 오랜 시간 돌아다녔다. 우선 상가가 많은 동네가 아닌데다 매물 자체가 별로 없었다. 그래도 이 동네가 좋아서 물건이 있든 없든 계속 부동산을 찾아갔다. 그렇게 1년 정도를 지내다 보니 부동산 사장님 댁에 가서 가족들과 인사도 나누고 명절에는 선물도 주고받을 정도로 가까워졌다. 덕분에 마음에 쏙 드는 집들을 소개받는 기회도 있었지만 계약 직전에 이런저런 사정으로 무산되기 일쑤였다.

그러던 어느 날 오랜만에 부동산 사장님한테 연락이 왔다. 신흥시장 안에 물건이 나왔다면서 주소를 알려주셨다. 당장 찾아가봤다. 그런데 분명 지도 앱에서는 목적지에 도착했다고 나오는데 그곳엔 집이 없었다. 도대체 어디지? 당황하며 한참을 헤매다가 부동산 사장님한테 다시 전화를 걸었다. 그제야 비로소 내가 서 있는 시장 골목의 한쪽 벽이 내가 찾던 집이란 걸 알게 됐다.

붉은 벽돌로 된 낡은 벽이 떡하니 서 있고, 그 양쪽에는 쪽문과 다름없는 대문 두 짝이 붙어 있고, 한쪽에는 버려진 소파와 갖가지 쓰레기가 흩어져 있었다. 그 벽 안쪽이 내가 찾던 주소지였다. 처음 찾아간 날은 대문 두 짝도 다 고장나 있었다. 한쪽은 아예 꿈쩍도 않고, 반대쪽은 제대로 잠기지도 않아서 조금만 열리도록 묶어놓았다. 나는 특이하거나 재밌는 것을 좋아하는데,

그 순간이 그랬다. 밖에서 봤을 땐 그냥 벽인데 안에 들어서면 전혀 예상할 수 없는 공간이 펼쳐지는 비밀의 화원이나, 어렸을 때부터 만들고 싶었던 아지트가 있을 것만 같았다. 겉에서 봤을 때 전혀 안이 궁금하지 않고, 바깥 풍경만으로는 벽 안쪽에 어떤 공간이 있을지 도무지 예상할 수 없는 그 느낌이 좋았다.

주소를 받아들고서도 코앞에서 못 찾는 상황도 재밌었다. 그때는 지금보다 더 소규모로 조용하게 책방을 꾸릴 생각이어서 나조차 코앞에서 못 찾을 정도면 괜찮겠다 싶었다. 철든책방 자리는 흔히 부동산을 구입할 때 꼭 따져봐야 하는 입지 조건인 모퉁이, 대로변, 역세권 등등 뭐 하나 충족되는 것이 없다. 하지만 대부분의 사람들이 꺼릴 수밖에 없는 이런 요소들이 만들어내는 묘한 분위기가 특이한 걸 좋아하는 내 성향과 잘 맞아떨어졌다. 큰길에서 떨어져 있고, 주차도 안 되고, 마음먹고 찾아야만 발견할 수 있는 곳. 이런 공간이라면 상업적으로 접근한다는 오해로부터 조금은 자유로울 수 있을 테고 나 혼자서도 조용히 지낼 수 있고, 사람들이 놀러 오더라도 조용히 책을 볼 수 있는 아지트 같은 공간을 만들 수 있을 것 같았다. 흔히들 말하는 부동산 상식으로는 절대 선택하면 안 되는 집이었지만 눈앞에 두고도 어딘지 몰라 헤맸던 첫 만남에서 이미 나는 꽂혔다.

처음
들어서다

해방촌에 책방을 만들기로 마음먹었을 때부터 스토리를 많이 담고 싶었다. 원래 있던 것을 다 뜯어고치는 게 아니라 살릴 수 있는 건 최대한 살리고 싶었다. 내가 동네에 자연스럽게 스며들고 싶듯이, 책방도 이 건물과 동네에 원래 자리하고 있던 것처럼 조용히 스며들길 바랐다. 그래서 무척 조심스러웠다. 계약도 기존 세입자들을 무리하게 내보내지 않는 조건을 걸고 했던 터라 세입자들이 이사 계획이 없다면 기다리거나 무효화하기로 미리 말하고 진행했다. 괜히 찾아가서 집을 보자고 하는 것도 조심스러웠던 탓에 모두 이사 나가고 빈집이 되었을 때에야 처음으로 대문 안에 들어가볼 수 있었다. 그전까지는 벽 앞에서 서성이거나 대문 밖에서 힐끗 들여다본 게 전부였다.

처음 대문을 열고 들어갔는데 그 첫 느낌이 좋았다. 밖에서 바라만 보던 좁은 통로를 따라 들어가니 지금은 없어진 가건물 앞에 아담한 마당이 나왔다. 솔직히 놀랐다. 마당이 있을 줄은 상상도 못 했는데, 한쪽에 작은 화단도 있고 그 옆에는 장독이 땅에 묻혀 있었다. 그 뒤쪽으로 큰 돌들이 박힌 옛날식 돌담이 눈에 들어왔다. 그리고 이 작은 마당 위로 앞집에서 푸른 이파리들을 매단 모과나무 가지가 넘어와 있었다. 딱히 조경이라 할 만한 것 없이 전부 다 시멘트이고 벽돌인데, 초록 가지 하나가 분위기를 평온하고 잔잔하게 바꿔놓았다. 사방이 이웃집들에 턱턱 둘러싸여 있을 줄 알았는데 이런 뜻밖의 정감 어린 뜰이 있다는 것이 신기하고 전혀 기대하지 않은 선물을 받은 것처럼 두근거렸다.

밖에서 바라만 볼 때 가장 궁금했던 것은 지금 홍철전으로 쓰는 공간이었다. 처음에는 무슨 용도인지 정확히 몰랐지만 그 자체만으로도 옛 감성을 자극하는 특별한 느낌이 있었다. 알고 보니 이제는 사용하지 않는 옥외 '푸세식' 화장실이었다. 가까이 가서 보니 잠금장치까지 옛날 방식 그대로 투박하게 만든 나무문이 세월을 버티고 굳게 닫혀 있었다. 그러니까 이 집은 누가 봐도 오늘날의 건축 트렌드와는 거리가 먼 영락없는 옛날 건물이었다. 나는 세월이 깃든 흔적들을 하나하나 마주하는 것이 즐겁고 설렜다. 이 집을 계약할 때 내가 딱 한 가지 바란 것이 있다면, 특이하고 예스러운 해방촌 분위기와 잘 어울리는 공간이었으면 하는 거였다.

들어서자마자 안도했다. 예상치 못한 공간들까지 내가 바라던 분위기 그대로였다.

1F

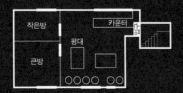

해방촌 아지트

처음으로 1층 문을 열었을 때 한낮인데도 어두컴컴해서 좋았다. 가장 좋은 건 창을 열면 바로 앞에 시멘트 벽이 떡하니 가로막고 있다는 거였다. 사실 많은 사람들은 꺼릴 만한 상황이겠지만 나는 곁에서 봤을 때 좋았던 것과 마찬가지로 안쪽도 아지트 같은 비밀스러운 느낌을 간직하고 있어서 신났다. 집 이외의 공간을 처음 마련해보는 터라 좋은 부동산에 대한 통상적인 기준을 잘 모르기도 하고, 아무리 모른다 한들 이 집이 일반적으로 봤을 때 결코 좋은 여건이 아니라는 것 정도는 알지만 그래도 좋았다. 나에게 좋은 부동산의 바로미터는 바로 이런 거다. 특색 있고, 개성 있고, 재미있는 공간.

문이 있어야 할 자리에 벽이 있으니까 조용히 지내기에 좋다. 나도 요즘 성향이 조금 바뀌어 활발하게 떠드는 것만 좋아하진 않는다. 여기서 조용히 책을 볼 수 있다면 나 스스로에게도 좋고, 이곳을 어렵사리 찾아온 손님들에게 색다른 재미를 줄 수 있으니 그것도 좋았다. '세상에서 제일 시끄러운 사람이 들어 있는 가장 조용한 공간'이란 말도 그때 떠올랐다. 책방 자리로는 더할 나위 없이 완벽한 공간이었다.

철거 중에 벽채 위쪽에 숨겨진 셔터 집을 찾으면서 문이 있어야 할 자리에 벽이 있는 이 집의 비밀이 밝혀졌다. 이 집은 원래 상가로 지어졌다고 한다. 벽은 쇼윈도가 있는 자리였는데 시장이 쇠락하자 쇼윈도 자리에 벽돌을 쌓아서 상가를 집으로 바꾸는 리모델링 공사를 한 것이다. 유독 안쪽 방에 결로와 곰팡이가 심했던 이유도 거기에 있었다. 벽돌만 쌓고 별다른 단열 공사를 하지 않았던 탓이다. 이처럼 시간이 켜켜이 쌓여 있는 이 집의 비밀스러운 이야기를 하나하나 알아갈 때마다 또 다른 매력이 하나 둘 쌓이는 것 같아 흥미로웠다. 그래서 무엇을 하든, 어떤 고민을 하든, 신나는 모험처럼 즐길 수 있었다.

세 개의 방을 가진
어떤 책방

1층에는 원래 주방 겸 거실과 지금은 없어진 화장실, 그리고 세 개의 방이 있었다. 작아도 공간 분할이 잘되어 있어서 마음에 들었다. 처음에 했던 고민은 책방 한쪽을 아티스트들을 위한 작업 공간으로 마련해볼까 하는 것이었다. 거실만 책방으로 만들고 방들은 작가들을 위한 작업실로 꾸미면, 철든책방만의 특색도 살리고 아티스트들도 작업 공간이 생겨서 좋지 않을까 싶었다. 그런데 계속 생각해보니 거실만 책방으로 쓰기엔 책 진열 공간이 너무 부족하고 정체성도 찾기 힘들 것 같아, 1층 전체를 책방으로 만들기로 했다.

마음을 정하고 나서도 방이 여럿인 점이 좋았다. 내가 워낙 이벤트를 좋아해서 서점을 열면 다양한 기획을 두루 해볼 생각이었다. 그때까지는 리모델링 공사에 대해 잘 몰라서, 대강 걷어내고 원래 칸이 나뉜 대로 쓰면 될 거라 생각했다. 방을 부수고 합치는 건 생각 못 하고 작은 방이 여럿 있으니 특이한 공간 구성이나 기획전을 하기에 적당하겠다고 생각했다. 우선 머릿속으로 구상해두었던 홍철전과 거울의 방을 밖에다 만들 수 있을지 확실치 않아서 작은 방 하나는 홍철전으로, 또 한 곳은 온통 거울을 두른 거울의 방으로 만들고, 또 한 방은 단 한 권의 책만 존재하는 강렬한 진열 공간으로 만들 것을 생각했다. 그 방에는 내 인생의 책이나 내가 존경하는 인물과 관련된 책, 또는 동료들의 추천 도서 단 한 권만 두고 스포트라이트를 주어서 내 생각도 알리고, 찾아온 사람들도 '이 책은 뭐지?'라고 호기심을 느끼고 집중해서 볼 수 있게 해보고 싶었다.

하지만 공사가 진행되고 좀 더 서점다운 공간에 대해 고민하고 의견도 주고받으면서 지금처럼 세 개의 공간을 가진 책방이 됐다. 거실 홀에는 큰 카운터와 평대를 놓고, 나머지 두 방은 기획전을 위한 공간으로 마련했다. 여전히 책방에 책 놓을 공간이 조금 부족하지 않느냐는 의견도 있었지만 철든책방을 마련한 목적 중 하나가 내가 공부하고 책을 읽기 위해서이기도 하니까 내 공부, 내가 읽고 싶은 책, 내 성향에 맞는 방향에 집중했다.

철든책방을 만든 가장 큰 동기는 나 자신이다. 나는 흥미를 느끼면 빨리 식을지언정 뜨거워져서 미치는데, 신기하게도 처음으로 책에 흥미를 느꼈다. 이제는 책을 읽고 싶었다. 내 주변에서도 공부를 시작했거나 하고 싶어하는 사람들이 눈에 띄게 늘어나고, 중년을 위한 인문학 책들이 굉장히 많은 걸 보면 나이가 들어감에 따라 나타나는 현상인지도 모르겠다. 나도 한 살 한 살 나이를 먹을수록 스스로 부족함을 느껴서인지, 책과 공부로 내 부족함을 채우고 싶다는 생각이 깊어졌다. 철든책방은 평일에는 나 자신에게 집중하며 책을 볼 수 있어 좋고, 또 누가 온다면 각자 재밌게 읽은 책 이야기를 나누며 소통할 수 있는 공간이라 좋다. 그래서 내가 읽고 싶은 책이나 내가 읽고 좋았던 책을 다른 사람들에게도 소개해줄 수 있는 책방이 되었으면 하는 마음에서, 지금처럼 이런저런 기획전을 하기 편한 방향으로 공간을 구성했다.

진열대는 구성과 변형이 자유로운 모듈 박스로 제작했다. 그래서 다양한 크기의 책과 책 이외의 물품을 진열하기도 좋고, 무엇보다 수납이 편리하다. 내가 처음 생각한 책방 가구는 있는 듯 없는 듯 튀지 않고 편리한 가구였다. 그래야 책이 돋보인다고 생각했다. 이런 내 관점과 가구디자이너 재엽이의 아이디어를 더해 서로 조율해가며 재밌게 만들었다.

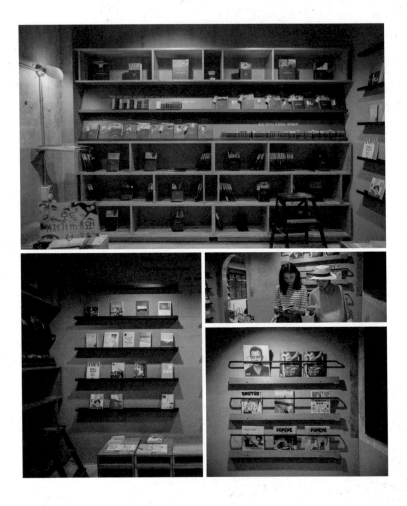

프랑스에서 활동하는
우리나라 젊은 건축가
겸 가구디자이너가 가
구 장인과 함께 만든 의
자로 원래는 고급 편집
숍에 입점하려고 준비
했던 제품이다. 이 친구
가 철든책방에 왔다가
다양한 사람들이 편안
하게 어우러지는 모습
을 보고 이곳에 두고 싶
다고 정중히 부탁했다.
그 친구의 얼굴과 눈에
서 진심이 느껴졌다. 그
렇다면 얼마든지. 놓고
보니 이 공간에도 꽤 잘
어울렸다.

서서 보는 독서대는 솔
직히 욕심을 낸 아이템
이다. 예전에 뉴욕에서
비슷한 것을 처음 봤
을 때 '이건 뭐야?' 싶
었는데 그 공간에 조
금 머물러보니, 그 작
은 가구가 공간의 분위
기를 결정하는 듯한 독
특한 느낌이 인상 깊었
다. 뻔하지 않고 배려
심도 담겨 있어 철든책
방에도 꼭 놓아두고 싶
었다.

북카페 아닌
책방

두 번의 인테리어 미팅을 만족스럽게 마치고 집에 가서 도면을 다시 봤다. 벽을 허물어 홀을 넓히고, 방에는 원탁을 놓는 아이디어가 있었다. 홀에는 널찍하게 짠 바 테이블 위에 턴테이블과 커피머신을 두는 안이었다. 그렇게 하려고 보니까 책방이라기보다 북카페 느낌이 날 것 같아 조심스러워졌다. 책방이라면 책이 주인공이어야 하니, 책에 좀 더 집중할 수 있도록 테이블이나 앉을 자리를 아예 없애는 방향으로 고민했다.

그러자 이런 말이 나왔다. 책을 꼭 사지 않고 보고만 가도 상관없다면 앉아서 책을 읽을 만한 공간이 필요하지 않나. 지인들도 꽤 찾아올 텐데 다 서서 어떻게 일을 보겠나. 일리 있는 조언들이었다. 그래서 지금처럼 스툴을 둬서 최소한의 앉을 자리를 마련하고 뉴욕에서 인상 깊게 봤던 서서 보는 접이식 독서대를 설치했다.

주변에서는 책방이라도 커피머신을 두라는 말이 많았다. 주인이 아무리 책을 보고만 가도 괜찮다고 말해도 손님들 입장에선 그냥 있다가 가는 건 미안한 마음이 들고 불편할 수 있으니까 책을 안 사더라도 무언가 소박한 대가를 지불할 수 있는 소비재가 필요하다는 의견이었다.

그런데 일단 내가 커피를 즐기지 않고, 먹거리 쪽으로는 잘 모른다. 그리고 커피를 파는 순간 책방이 아니라 말 그대로 연예인이 운영하는 평범한 북카페처럼 보일 것 같아 염려스러웠다. 현실적으로 커피머신을 둘 자리도 마땅찮았다. 책 이외의 것을 파는 걸 피하고 싶은 또 다른 이유도 있었다. 조용한 동네에 자리한 공간이다 보니 가장 걱정되는 것이 주변에 끼칠 소음 피해였다. 아무래도 커피나 음료를 함께 파는 것보단 책만 파는 편이 피해를 훨씬 줄이는 길일 것 같았다. 안 그래도 주변에 커피 맛 좋은 카페도 많은데 굳이 나까지 끼어들 필요가 있나 싶어서 아예 음료 쪽은 생각지도 않았다.

그러다 공사가 한창이던 무렵, 카운터 밑에 보이지 않게 작은 냉장고를 넣는 것은 어떠냐는 아이디어가 나왔다. 그래서 딱 그만한 냉장고를 채울 정도의 음료만, 그것도 손이 가지 않는 간단한 음료만 구비해놓기로 했다.

카운터를 처음부터 크
게 만들 생각은 없었
다. 원래는 책상을 하
나 가져다놓을까 생각
했다. 손님들이 없을
때는 앉아서 책도 볼
수 있고 내 일도 할 수
있는 나만의 공간을 마
련할 생각이었다. 그런
데 해방촌에서 지내다
보니 다양한 작업을 하
는 작가들이 많이 모여
있다는 걸 알게 되었
다. 조금 더 큰 작업대
가 있으면 나중에 이런
저런 작업을 하기에 편
할 것 같아서 카운터라
기보다는 작업대의 개
념으로 크게 만들었다.

북트럭은 사실 필요성
을 놓고 고민이 많았
다. 그런데 2층 벽에서
뜯어내고 보니 재활용
할 수 있는 루바(패널)
가 생각보다 많이 나
왔다. 벤치를 만들고도
꽤 많이 남아 북트럭을
만들어봤다. 새롭게 생
명을 부여하고 재탄생
시키는 작업은 언제나
즐겁다.

《내 방의 품격》을 촬영할 무렵의 일이다. 거울을 하나 장만하고 싶어서 알아보던 중, 마침 그날 출연한 분의 집에서 예쁜 거울을 보았다. 물어봤더니 거리에서 주운 나무 창틀에 유리 대신 거울을 끼웠다고 했다. 《내 방의 품격》의 방송 이유가 이런 팁들을 알리기 위해서였던 만큼 인상 깊게 봐뒀는데, 이 집에 와서 보니 전부 다 그때 본 거울과 비슷한 나무 창틀이었다. 뭐든 만들면 예쁘겠다 싶어서 따로 떼어놓았다.
이 창문들을 어떻게 쓸지 고민 중이다. 《내 방의 품격》에서처럼 거울로 만들 수도 있겠고, 책방에 어울리게 내가 좋아하는 문구나 내가 좋아하는 사람들이 글귀을 적어서 전시할까도 생각 중이다. 아니면 아티스트들에게 뭐가 하나씩 여기에 그려달라고 해도 좋을 것 같다. 이런 창틀은 활용하기에 따라 멋진 작품으로 재탄생되기도 한다.

조명은 전반적으로 '스토리지북앤필름'처럼 은은하면 된다고 생각했다. 따뜻한 분위기만 나면 충분하다. 이웃 서점들을 보면 책방에 와서 사진을 찍는 사람들이 많다. 이런 행위도 책과 가까워지는 과정이란 생각에, 화려한 조명보다는 사진이 잘 나오는 톤이 좋은 조명을 설치하고 싶었다. 철든책방의 조명은 곽계녕이란 친구가 작업했다. 톡톡 튀는 아이디어로 직접 조명을 제작하는 친구다. 카운터에 놓인, 철든책방 로고가 음각된 스탠드도 이 친구의 작품이고, 정기적으로 조명을 바꿔서 분위기를 새롭게 연출하기로 한 것도 이 친구의 아이디어다. 계녕이는 수다를 더 떨고 싶은 인물이다. 원래는 건축을 전공하고 관련 일을 하다가 평생 조명 사업을 하신 아버지가 사업을 그만접겠다고 하시자 아버지의 뒤를 이어 조명 업계에 입문했다고 한다. 브랜드명이 'LIMAS'인데 아버지 회사인 'SAMIL'의 철자를 거꾸로 뒤집은 거다. 감각도 세련되고 스토리도 흥미로웠다. 건축을 하면서 익힌 기술과 감각을 조명 사업에 접목해서 디자인도 새롭게 하고, 카탈로그, 홈페이지도 멋있게 만드는 열정과 패기 넘치는 모습이 인상적이었다. 무엇보다 어떤 일이든 굉장히 열심히 한다. 무슨 일이든 함께하면 재있겠다 싶은 친구다.

2F

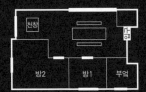

해방촌과
어울리는 공간

처음부터 철든책방을 해방촌과 어울리는 공간으로 만들고
싶었다. 사실 실내에 처음 들어섰을 땐 조금 낡은 게 아닌가 싶은
생각도 들었다. 그런데 두 번 세 번 찾아와서 보고 자세히 들여다
볼수록 낡은 것도 나름의 매력이 있어서 조금만 손보면 괜찮은
느낌이 날 것 같았다. 그런 마음으로 찬찬히 둘러보니 집 안 곳곳
에 있는 물건들이 하나하나 새롭고 의미 있게 다가왔다. 타일도
묵은 때만 닦아내면 나름의 멋이 있을 것 같고, 내가 다니던 초등
학교의 창틀과 비슷한 오래된 나무 창틀도 예스러웠다. 그중에서
도 방문은 무조건 살리고 싶었다. 내가 아주 어릴 때 딱 한 번 단
독주택에서 살았던 적이 있는데 이 집의 방문을 보는 순간, 희미
하게 바랜 특별한 기억, 단독주택에서 보냈던 유년 시절의 기억
들이 떠올랐다.

2층 난간도 낡고 답답하니 쳐내고 새로 달자는 의견이 있
었다. 하지만 세월을 견딘 빈티지한 느낌이 좋아서 그대로 두고
안전 문제만 보완하기로 했다. 목재로 마감한 2층 천장은 이 집
의 정체성을 드러내는 것 같아 무조건 살리자고 생각했다. 벽면
의 나무 마감재인 일명 루바도 어떻게든 살리고 싶어서 활용할
수 있는 방안을 고민했다. 이곳을 찾아온 손님들에게 "원래 있던
이런 것들은 이렇게 새롭게 살렸습니다"라고 소개할 수 있다면
얼마나 뿌듯할까. 헤리티지를 간직하면서 완전히 새롭고 재밌는
공간을 만들 수 있다면, 그 과정 또한 훗날 또 하나의 추억이 될
것 같았다. 그래서 시간의 흔적을 간직한 집 안 물건들은 최대한
살리는 방향으로 인테리어 콘셉트를 정했다.

내가 머무는
오픈하우스

1층은 책방인데 2층은 어떤 공간으로 만들까. 고민의 연속이었다. 내가 머무는 곳이지만 많은 사람들이 드나드는 오픈된 공간이니 일반적인 가정집 느낌은 아니었으면 했다. 예전부터 깔끔하고 분위기 있게 꾸며놓은 전시장이나 모델하우스 같은 곳에 가면 '저런 곳에서 꼭 한번 살아보고 싶다'는 생각을 했었다. 그래서 철든책방 2층은 게스트하우스나 호스텔같이 여행지의 숙소 분위기가 나도록 꾸며봤다. 여행을 가면 생각도 많아지고 창의적인 영감도 얻게 된다. 그런 여행지에서의 기분과 기운을 일상에서도 매일매일 느낄 수 있는 공간을 만들고 싶었다. 실제로 머물러보니 정말 여행 온 기분이 든다.

작은 방은 단체 생활이 불편한 사람들을 위한 1인실로 만들고, 비교적 큰 방에는 네 명이 동시에 묵을 수 있도록 2층 침대 두 개를 두었다. 가구는 파이프형 옷걸이와 선반 정도가 전부다. 에어비앤비나 호스텔, 민박집 같은 숙박업소의 분위기가 나게 전체적으로 가구와 살림은 최소화하고, 거실에는 기존에 있던 방문을 재활용해 만든 큰 테이블을 하나 놓아서 함께 둘러앉아 이야기할 수 있는 자리를 마련했다.

애초 계획은 불필요한 구조물을 툭 툭 철거하고 페인트칠만 새로 해서, 조금 지저분해 보이더라도 자유분방한 분위기를 내는 거였다. 그런데 철거를 하다 보니 워낙 구옥인데다 꼼꼼하게 지은 건물이 아니라 문제가 있었다. 심지어 상가 쇼윈도를 벽돌만 쌓아서 가정집으로 개조한 건물이다 보니 부실한 단열과 그로 인한 결로 등등 심각한 문제가 드러났다. 벽에 셔터가 숨어 있을 줄은 정말 꿈에도 몰랐다. 계속 살 집이면 언젠가는 손을 봐야 하는 문제라서 전문가들과 상의해 단열 보강과 바닥 포일 공사를 함께 했다. 안 그래도 단열과 관련해서는 이미 뼈저린 경험을 한 바 있다. 방송에도 종종 나왔던 압구정 아파트의 경우 최고의 실력을 가진 팀을 어렵게 섭외해서 인테리어를 맡겼다. 역시나, 내가 의도했던 대로 특색 있는 멋진 공간이 나왔는데 문제는 단열이었다. 그 집에 오래 살았던 나도 몰랐고, 인테리어 업체 또한 우리 아파트 단지 사정을 잘 모르다 보니 건령이 오래된 우리 아파트 단지에서 리모델링할 때 필수적인 몇몇 시공 사항을 놓친 거다. 그래서 보수 공사를 다시 하기 전까지, 집은 멋진데 침대에 누워서 숨을 쉬면 입김이 나는 고통을 겪었다. 인테리어, 리모델링도 학습이다. 이번엔 그런 시행착오를 겪지 않도록 신경을 썼다.

기존에는 현관에서 보면 정면에 방 두 개가 나란히 있었다. 두 개의 방문이 있던 벽을 트고 가벽을 세워서 2층 침대 방입구를 만들었다. 벽을 없앤 자리에는 H빔을 세워서 구조보강을 했다. 처음에는 이렇게 벽까지 없앨 계획은 아니었다. 하지만 벽을 튼 덕분에 예전부터 꼭 해보고 싶었던, 벽면을 부숴서 울퉁불퉁하고 거친 느낌이 나는 인테리어 효과를 낼 수 있었다.

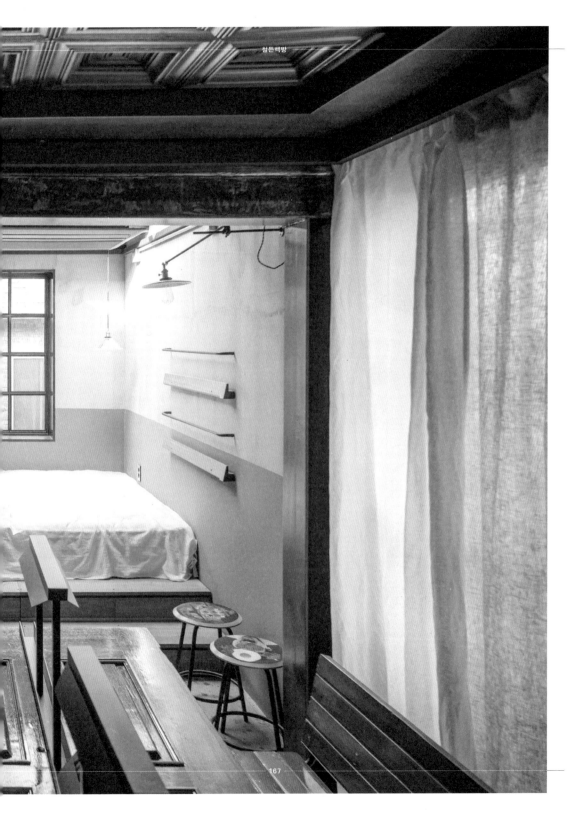

천창에 대하여

이번 공사에 들어가기 전까진 조금 자신이 있었다. 예전 쇼핑몰 사무실을 차릴 때부터 최근의 아파트 리모델링까지 나름 의 경험도 있고 인테리어 프로그램을 하면서 공부도 많이 했으니까 이번만큼은 의사소통도 잘하고 비용도 예전보단 아낄 수 있을 거란 믿음이 있었다. 그래서 의견을 적극적으로 낸 편이었다. 한편 〈내 방의 품격〉을 같이 했던 재엽이와 그의 아내 지영이, 실무를 담당한 도근희 과장이 주인의식을 갖고 열심히 아이디어를 내준 것이 고마워서 채택한 의견도 몇 가지 있는데 그중에서 가장 불안하고 내키지 않았던 것이 천창이었다.

재엽이가 처음 천창을 제안했을 땐 상상도 못 했던 거라 조금 당황했다. 천창 설치는 시멘트를 자르고 H빔을 덧대야 하는 나름의 큰 공사였다. 소음도 클 테고 견적도 크게 늘어나는 거라 모든 면에서 부담스러웠다. 그때까지는 천창을 뚫어야 할 이유도 잘 모르겠고, 무엇보다 공사가 커지는 것은 내가 원하는 방향이 아니었다. 그런데 웬만하면 내 이야기를 들어주는 친구들이 이건 꼭 해야 한다며 물러서지 않았다. 그렇게 반신반의하면서 시작했는데 완성되고 나니 왜 재엽이가 그토록 강하게 주장했는지 알게 됐다. 나부터 천창 아래서 책을 읽다가 하늘을 올려다보게 된다. 친구들이 놀러 오면 자신 있게 누워보라고 권하는 명당이다. 가만히 누워서 구름이 천천히 흐르는 걸 느끼고, 비 오는 날 투둑투둑 떨어지는 빗방울을 바라보고 있으면 책을 보는 것과는 또 다른 감성에 젖는 즐거움을 누릴 수 있다.

사람이든 물건이든 기본적으로 어떤 스토리를 갖고 있는지가 중요하다고 생각한다. 어디서 본 듯한 가구, 흔하게 볼 수 있는 유행하는 스타일의 가구는 굳이 이 공간에 둘 이유가 없었다. 해방촌에 어울리면서 이곳만의 개성을 살릴 수 있는 것들을 찾았다. 그냥 사다놓는 건 싫고, 내가 발품 팔아서 하나하나 마련하거나 집에서 직접 쓰던 물건들을 가져다놓았다. 헤리티지를 살리는 것도 중요했다. 그래서 가구도 철거할 때 나온 자재들을 활용해서 만들어봤다. 테이블은 원래 있던 문짝으로 만든 것이고, 벤치는 2층 벽을 철거하면서 나온 나무들을 재활용해서 제작했다.

철든책방에는 TV가 없다. 아이러니하게도 직업이 방송인인데 몇 해 전까지 TV를 거의 챙겨 보지 않았다. 그러다 작가들은 궁합이 잘 맞는 좋은 펜을 쓰고, 수영 선수들은 신기술이 들어간 수영용품에 관심을 갖는 것처럼 각 분야의 프로들은 자신을 도와줄 장비에 신경을 쓴다는데 그동안 나는 너무 안일하게 산 게 아닌가 싶어서 TV만큼은 좋은 걸로 사서 집에 두었다. 그런데 좋은 TV를 놓아서인지, TV를 보기 시작해서인지, 책을 보려고 기껏 집을 카페처럼 리모델링했는데 집에 가면 계속 TV만 보게 되는 부작용이 생겼다. 처음에는 2층에다 이 공간에 어울리는 디자인 TV를 놓을까 생각했지만, 집에서 TV를 놓고 범했던 우를 다시 저지르고 싶지 않았다. 대신 빈티지 턴테이블과 라디오를 두고 처음부터 아예 책과 음악만 있는 공간으로 콘셉트를 정했다. 이곳에 들어오면 다른 것에 신경 쓰지 않고 책에 집중할 수 있는, 책이 중심인 공간이었으면 하는 바람이다. 참고로 정 TV가 보고 싶다면 지하에 있는 프로젝터로 볼 수 있다.

오래된 부엌

처음에 밖에서 바라봤을 때 느낌이 좋았다. 상단에 간유리가 끼워진 나무 문들이 있고, 오래된 타일은 시간을 머금은 듯한 아늑한 느낌이었다. 타일에 붙은 오래된 스티커들을 제거했더니 타일의 느낌이 더욱 살아났다. 예스러운 나무 천장과도 잘 어울렸다.

이곳 부엌의 핵심은 자잘한 타일을 발라놓은, 툭 튀어나온 부뚜막 같은 공간이다. 보자마자 왜 이렇게 툭 튀어나와 있는지 몹시 궁금했는데, 계단 공간을 확보하려다 보니 이런 모양이 나온 거였다. 이것 자체가 특이하니까 이 위에서 가부좌를 틀어도 되고 2인용 식탁이나 조리대로도 활용할 수 있게 만들었다. 여기 발린 조그마한 타일들이 재밌는데 옛날 목욕탕에서나 볼 법한, 요즘에는 찾아보기 힘든 스타일이다. 처음에는 금도 가 있고 깨져나간 곳도 좀 있어서 새로 타일을 바를까 고민했지만 이 자체로 마음에 들어서 깨진 것만 떼어내고 그대로 놔뒀다. 그리고 이 공간을 부엌의 포인트로 삼아 나머지 공간까지 여기에 어울리게 연출했다. 이 타일을 중심으로 부엌의 전체적인 톤을 맞췄다. 원래는 벽면의 흰 타일도 모두 뜯어내고 새롭게 하려고 했는데 지금처럼 금이 가 있거나 거칠게 시멘트를 바른 모습이 타일 부뚜막의 느낌과 잘 맞고 군데군데 부서진 모습도 잘 어울리는 것 같아서 그대로 뒀다.

리모델링을 두어 번 해본 경험상 늘 똑같은 문제로 귀결된다는 걸 알게 됐다. 지금 사는 집도 공사한 뒤로 최대한 비우고 살려고 했지만 옷이나 살림살이가 들어오는 순간 애초에 의도했던 분위기는 사라지고 그냥 보통의 가정집이 된다. 그래서 철든책방에서 머물 때는 여행지의 숙소처럼 옷도 트레이닝복 몇 개만 가져다놓고 생필품도 필수적인 것 몇 가지만 두고 언제든 떠날 수 있게 트렁크 한 개 분량의 짐만 꾸려서 나그네처럼 지내고 있다. 여행지에서는 수납공간이 부족하다고 투덜거리진 않으니까. 불편함이 때로는 사는 데 매력이 되기도 한다.

'노홍철 천재'는 무심코 발견
하면 재미있겠다 싶어서 만들
어봤다. 어쩌다 발견하면 피식
웃게 되는 그런 느낌, 소소한
재미를 주고 싶었다. 그런데
생각보다 너무 크게 나왔다.

현관문은 낡을 대로 낡은 나무
문이었다. 원래 계획은 그 문에
손잡이만 바꿔 달고 아래쪽에
금판만 하나 붙여서 살릴 생각
이었다. 하지만 전체적인 분위
기를 고려해, 아쉽지만 시야가
확보되는 유리창이 있는 쇠문
으로 바꿨다.

나는 침실에서 책 보는 걸 좋아한다. 내가 사는 아파트 침실에 창이 두 개 있는데 한쪽으로는 한강이 보이고, 다른 한쪽으로는 남산타워가 보인다. 춥고 덥고 시끄럽다는 사소한 문제가 있긴 하지만 전망 하나만큼은 마음에 드는 공간이다. 그래서 가끔 침대에 누워 그 전망을 배경삼아 책을 보면 기분이 좋아지고 내용도 머리에 쏙쏙 들어온다. 그런데 문제는 그 시간이 길지 않다는 것. 아무래도 침실이다 보니 책 좀 읽으려고 하면 좋은 기분이 곧 잠으로 이어진다.

책을 볼 때는 편하게 누워서 보는 게 나한테 맞는다는 건 이제 알았고, 침실에선 자꾸 잠이 드니 거실로 나와서 누웠다. 그런데 우리 집 소파가 카페에서 흔히 볼 수 있는 딱딱한 일본식 나무 소파라서 그런지, 조금만 누워 있어도 허리가 뻐근해지고 척추까지 아픈 것처럼 불편했다. 앞에 테이블을 가져다놓고 발을 뻗고 누워도, 옆으로 누워 쿠션을 이렇게 저렇게 놓아도 불편한 건 마찬가지였다. 결국 책을 보고 싶은데 볼 수 없는 또 한 가지 핑계가 생기고 말았다.

그래서 철든책방을 마련할 때는 침실 같지 않으면서 침대에 누운 것처럼 편안하게 책을 볼 수 있는 공간을 만들고 싶었다. 침실 분위기는 아닌데 책을 보기에 편안하고 사람들이 놀러 와서도 굳이 대화를 하지 않더라도 그냥 둘러앉아 책을 볼 수 있는 공간. 무엇보다 내가 편안하게 널브러져서 책을 읽을 수 있는 공간을 꿈꿨다. 그런데 마침 디자이너가 가져온 아이디어와 일치하는 부분이 있어서 원래 방이었던 공간을 트고 거실과 연결해 확장했다. 그리고 매트리스는 조금 무리해서 가장 좋은 모델로 가져다놓았다.

내겐 집에서 침실과 화장실이 가장 중요하다. 지금 사는 아파트도 공들여 꾸미긴 했지만 정작 쓰는 공간은 침실과 화장실, 딱 두 곳이다. 특히 화장실에 좀 오래 머무르는 편이라서 많이 고민했다. 수납부터 전시 공간으로 활용하는 것까지 화장실을 꾸미는 아이디어가 가장 많았다. 그런데 화장실 문을 처음 여는 순간 그런 생각 자체를 할 수가 없었다. 게다가 애초의 계획과 달리 1층 화장실이 없어지면서 화장실은 2층에 딱 하나 남았는데, 샤워 시설부터 변기까지 모든 것을 그 좁은 공간에서 해결해야 했다. 그래서 세면대에 샤워기가 함께 달린 수전을 단 것처럼 최소한의 공간에 기능적으로 문제가 없을 것만 집어넣었다.

철든책방의 다른 모든 공간은 그간의 역사를 최대한 살려서 빈티지하게 만들었지만 화장실은 문짝만 빼고 모두 깔끔하게 손을 봤다. 부엌처럼 기존의 모습을 최대한 살려서 거울 정도만 바꾸고 싶었는데 화장실 타일이 너무 낡고 곰팡이도 심해서 눈 질끈 감고 다 바꿨다.

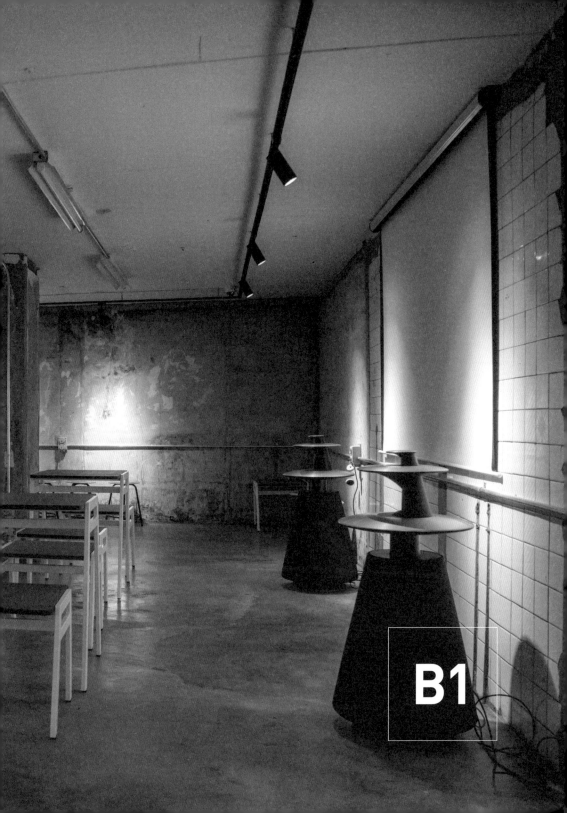

삶의 터전에서

　지하실은 이 공간에서 생각지도 않게 얻은 보물이었다. 계약을 할 때까지도 이 집에 지하실이 있다는 얘기는 듣지 못한 터였다. 건축대장이라도 확인했으면 알았을 텐데 내가 꼼꼼히 챙겨보지 않은 까닭이다. 지하로 내려가 처음 문을 여는 순간, 미지의 공간이 눈앞에 나타났다. 4, 5년 전 문래동에서 나만의 공간을 마련하려고 돌아다니다가 결국 못다 이룬 꿈을 조금이라도 채울 수 있을 것 같은, 나름대로 널찍한 공간이었다. 낡은 철문에, 벽에는 콘센트가 재봉틀 때문인지 쫙 둘려 있었고, 요즘은 보기 힘든 작업용 형광등이 일렬로 달려 있었다. 낡았지만 반듯한 지하 공간에 공장용 등과 콘센트가 쭉 둘려 있는 느낌이 너무 좋아서 이건 살려야겠다, 간직해야겠다고 보자마자 결심했다.

　해방촌에 관심을 갖고 알아보다가 발견한 몇 가지 사실이 있다. 과거에 해방촌은 니트 산업의 최전선이었다고 한다. 이 동네 주민들의 생계를 책임지는 주력 사업이어서 건물 지하마다 니트 공장이 있었을 정도로, 지하 공장은 해방촌을 이야기할 때

빼놓을 수 없는 역사다. 지금도 도시 재생 사업 관련 이슈가 나올 때 다시 니트 사업도 활성화하자는 방안이 나올 정도다.

글로만 읽었던 해방촌의 역사와 동네의 정체성이 깃든 공간이 철든책방 지하에도 있으니, 생각지도 못한 보물이었다. 내가 철든책방의 문을 열게 된 주된 이유 중 하나가 해방촌 이웃 서점들처럼 다양한 워크숍 프로그램을 운영해보고 싶어서다. 그러기에 적당한 이 지하 공간은 해방촌의 옛 주민들이 열심히 살았던 삶과 정신이 배어 있는 삶의 터전이기도 하다. 그분들이 흘렸던 땀, 시간, 노력이 고스란히 남아 있는 공간에서 나도, 그리고 이곳을 찾는 사람들도 열성껏 이야기 나누고 배우고 함께하면, 과거에 이곳에서 함께 열심히 삶을 일구었던 분들의 기운과 정신을 조금이나마 이어받을 수 있지 않을까. 그렇게 해방촌의 과거와 현재를 잇는 스토리가 계속됐으면 하는 바람에서 지하실은 최대한 있는 그대로의 모습을 간직하는 콘셉트로 작업했다.

지하실에 놓은 테이블과 의자
는 가벼운 발크로맷(컬러 MDF.
천연 염료로 염색되어 정면 및 단면
에도 색상이 나타나고 긁히지 않는
다. E제로 등급이다)으로 만들었
다. 늘어놓을 필요가 없을 때
는 쌓아놓으면 책장처럼 쓸
수 있도록 디자인했다. 그런
데 문제는 습기였다. 곰팡이
가 피어서 그 부분들을 다 깎
아내고 그 위에 도장을 새로
하는 바람에 발크로맷이 가진
특이한 소재감이 사라져서 아
쉬웠다.

여섯 가지 스툴

철든책방이란 이름 자체가 '노홍철이 들어 있는 책방'이란 뜻이다. 어느 정도는 날 위해 만든 공간이니까, 일종의 자기만족일 수도 있지만 나 자신에게 긍정의 메시지가 될 만한 의미들을 곳곳에 두고 싶었다. 스툴도 처음에는 그저 필요하니까 가장 단순한 모양의 것들을 가져다놓으려고 했다. 그러다 내 얼굴이 들어간 것을 생각하다가 동네에 있는 아티스트들과 함께하면 더욱 의미 있을 것 같아서 '하우스오브콜렉션즈' 친구들과 함께 만들어보았다.

스툴은 총 여섯 종류로, 같은 디자인의 스티커도 있다. 얼핏 보면 키치하고 장난스러워 보이지만 저마다 의미가 담긴 작품들이다. 그냥 내 얼굴을 재료 삼아 만든 것 같지만 몇몇은 내가 잊고 싶지 않은 기억, 고이 간직하고 싶은 순간이 담긴 사진들을 갖고 의미를 담아 만들었다. 아무리 좋은 기억이 담긴 사진이라도 액자에 넣어두지 않는 이상 찾아봐야 하고 그러다 보면 점점 잊게 마련이다. 하지만 이렇게 스툴과 스티커로 만들어 곳곳에 놔두면 볼 때마다 그때의 기억을 떠올릴 수 있어 좋을 것 같았다.

그중 몇 가지를 소개하자면, 우선 파란색 버전은 남들이 보면 흉할지 모르겠지만 아이슬란드 블루라군에서 찍은 내가 제일 좋아하는 사진을 바탕으로 디자인했다. 이 사진은 볼 때마다 블루라군에서 마주했던 평온함이 되살아나서 기분이 좋아진다. 그때의 평온함을 잊지 말고 간직하자는 의미를 담아 만들어봤다.

내 얼굴에 터진 토마토와 달걀 프라이가 얹혀 있는 버전은 하우스오브콜렉션즈가 아이디어를 낸 디자인이다. 달걀이 익을 정도로, 토마토가 으깨질 정도로 엉덩이가 뜨겁다는 뜻으로 만들었다는데, 으깨진 토마토와 달걀을 보자마자 떠오르는 기억이 있었다.

먼저 토마토. 촬영차 스페인 토마토 축제에 참가한 적이 있다. 영상이나 사진으로 봤을 때는 정말 멋질 것 같았는데 현실은 힘들고, 엉망이었다. 밀려 넘어지고 자빠지는 건 물론이고 토마토를 맞으면 너무 아팠다. 게다가 얼굴에 맞으면 매워서 눈을 뜰 수조차 없었다. 신나는 축제인 건 맞지만 거리를 두고 바라볼 때와 몸으로 체험하는 현실은 전혀 다를 수 있다는 걸 알게 해준 기억이다. 백 퍼센트 내 개인적인 의견이지만, 축제라고 해도 보이는 것만큼 마냥 행복하지 않을 수 있다는 걸 다시 한번 깨달았다.

그리고 달걀 프라이. 어느 날, 평소 친하게 지내는 아이유의 카카오톡 프로필 소개 글과 사진이 달걀 프라이로 바뀌어 있었다. 재밌기도 하고 궁금하기도 해서 장난삼아 "후라이야, 너는 왜 달걀 후라이가 된 거니?" 하고 물어봤다. 그랬더니 아이유가 하는 말이, 식당에 갔는데 밥 위에 달걀 프라이 하나가 턱 얹혀 나왔단다. 그렇게 밥 위에 드러누운 달걀이 편안해 보였고 그걸 보는 자기 마음도 절로 편안해졌단다. 꾸밈없이 자연스럽게 올라가 있는 달걀 프라이처럼 안빈낙도의 삶을 살고 싶은 마음에 프로필을 달걀 프라이로 바꿨다는 이야기를 듣는데, 나보다 한참 어린 친구가 나랑 비슷한 생각을 갖고 있는 게 인상적이었다. 바쁘고 화려한 것도 좋지만 정말 중요한 것은 여유를 누릴 줄 아는 안빈낙도의 삶이 아닐까. 이 스툴을 볼 때마다 토마토 축제의 기억과 아이유의 달걀 프라이를 떠올리게 된다.

ROOFTOP

처음 갖는
옥상

나는 유년 시절의 한때를 빼고는 아파트에서만 살았다. 그래서 옥상과 옥탑에 대한 로망이 있었는데, 이번에 난생처음 옥상을 갖게 됐다. 안 그래도 설레고 신나는데 모양도 네모반듯해서 마음에 쏙 들었다. 이웃에 피해만 안 준다면 늘 머릿속에 그리던 대로 광고 같은 데서 나오는 파티 전구도 주렁주렁 달아보고 싶고, 가벼운 벤치를 가져다놓고 여유롭게 책도 읽고 남산도 바라보면서 휴식을 취하는 나만의 공간으로 활용하고 싶었다. 그런데 낮에 한번 있어보니까 뜨거운 햇빛을 도저히 견딜 수가 없어서 타프를 설치했다. 그렇게 타프 아래 앉아 있으니 속이 뻥 뚫리는 것처럼 기분이 좋아졌다. 다른 사람들도 이 기분을 느껴봤으면 좋겠고, 책방엔 여유 공간이 별로 없으니 여기 올라와서 책도 보고 바람도 쐬면 좋겠다는 생각에, 영업일에는 지하와 1층처럼 옥상도 개방하기로 했다.

단, 룰을 정해야 할 것 같다. 노홍철이 있다니까 시끌벅적한 파티 같은 것을 기대할 수도 있지만 그런 건 전혀 하지 않는다. 이웃에게 소음 피해가 가면 안 되니까 소곤소곤 속삭이듯 이야기한다든가 글씨로만 대화를 주고받는다든가 하는 철든책방만의 재밌는 옥상 이용 룰을 정해야 할 것 같다. 이런 이벤트성 룰은 고민하는 것 자체만으로도 즐겁다.

기억이
되살아나다

이 집을 알아볼 때 제일 궁금했던 건 옥상에서 남산 전경
이 보이느냐였다. 처음 옥상에 올라갈 때는 구조를 몰라 2층으로
가는 계단도 찾지 못했다. 어렵게 찾은 2층 계단부터 기분 좋게
정겨웠다. 하얀색에 회색으로 칠해놓은 좁고 가파른 계단이 내가
초등학교와 단과 학원 다니던 시절의 어렴풋한 기억과 그때의
감성을 일깨워주었다. 몸도 제대로 못 가눌 정도로 좁고 부실한
(그래서 바로 교체했다) 철제 계단을 한 발 한 발 조심스럽게 내딛고
벽에 온몸을 스쳐가며 올라가니, 눈앞에 남산과 남산타워가 웅장
하게 서 있었다! 그건 감동, 숨을 턱 막는 감동이었다. 한동안 말
을 잊고 바라보다가 사방을 둘러보는데 남산 맞은편에 '목욕'이
라고 쓰인 목욕탕 굴뚝이 살짝 보였다. 그 순간 기억이 났다. 내
가 예전에 촬영을 가서 인상 깊게 봤던 그 목욕탕의 굴뚝이었고,
거기가 이 동네였다.

그날의 기억이 스쳐 지나갔다. 목욕탕에서 급하게 촬영을
하고 그 앞에 있는 분식집에서 끼니를 때우면서 동료들에게 "야,
이런 데 너무 좋지 않아! 이런 동네를 내가 진짜 촬영 아니었으

면 어떻게 알았겠어?"라며 감탄했던 바로 그 동네였다. 그리고 스태프 차량이 있던 지금의 콩밭 앞 공영 주차장에 따라갔다가 남산부터 서울 시내가 한눈에 쫙 내려다보이는 전망에 반해버렸다. 평소의 나답지 않게, 친한 PD에게 "형, 잠깐만" 하고는 주차장을 한 바퀴 둘러보면서 '와, 좋다! 기회가 되면 이 동네를 알아봐야지' 했던 바로 그 동네와 풍경이 철든책방 옥상에서 똑같이 펼쳐졌다. 해방촌에 빠져서 계속 돌아다니면서도 잊고 있었던 그때의 기억이 오롯이 되살아난 진기한 경험이었다.

파울로 코엘료의 《연금술사》를 보면 "무언가를 간절히 원할 때 온 우주는 그 소망이 실현되도록 도와준다네"라는 구절이 있다. 내게도 이런 믿음이 있다. 나도 간절히 바라면 이뤄진다거나 운명적인 게 있다고 믿는 편이다. 지금 이 해방촌이 그렇다. 몇 해 전에 한번 살아보고 싶다고 생각했던 동네가 바로 지금 내가 머물고 있는 해방촌이다. 이런 상황을 마주할 때마다 사는 것이 참 신나고 신기한 일임을 새삼 깨닫는다.

TV 다큐멘터리 〈아마존의 눈물〉에 출연했던 원주민 가족이 한국에 초청되어 온 적이 있다. 서울 관광도 하고 아마존에서 만들어 온 이런저런 물건을 파는 행사도 열렸다. 그때 구매한 해먹인데 달아둘 데가 없어 그동안 집에 고이 모셔두고 있었던 것이다.

해먹을 단 날 밤 누워보고 깜짝 놀랐다. 땅에 발을 딛고 바라봤던 그림과는 또 다른 풍경이 펼쳐졌다. 눈앞에 아무것도 걸리는 것 없이 서울 시내를 양탄자 삼아 밤하늘이 펼쳐졌고, 고개를 돌리면 남산타워가 굽어보고 있었다. 거기에 해먹의 안락함까지 더해지니 그날은 도저히 내려올 수가 없었다.

건축법상 옥상은 사람들이 머물 경우 안전 문제 때문에 난간이나 펜스를 쳐야 한다. 이웃에 피해를 주는 것을 방지하기 위해 큰 벽도 설치했다. 자동차 광고의 한 장면처럼 어둑한 저녁에 남산타워 불빛과 올망졸망한 파티 전구 조명 아래서 여럿이 큰 테이블에 둘러앉아 도란도란 이야기를 나누는 그런 장면을 꿈꾸며 만들었다.

GARDEN

이웃에
방해되지 않도록

워낙 오래전에 지은 집인데다 삼면이 이웃들과 바짝 어깨를 맞대고 있어서 공사 진행 중에 고려해야 할 일이 한두 가지가 아니었다. 시장에 활기를 불어넣는다고 생각해서인지 대부분의 주민들이 좋게 생각해주고 반겨주었지만 이런저런 문제로 공사가 길어지면서 이웃 분들에게 불편을 끼치게 됐다. 그중 에어컨 실외기 설치가 가장 곤혹스러웠다. 실외기를 두기에 가장 적합한 장소는 지금의 자리가 아니라 다른 곳이었다. 그런데 그곳에 두면 이웃집에서 소음과 열기 공해를 겪을지도 몰라서 최대한 조치를 취한다고 후드까지 달았다가, 결국 고심 끝에 건물 정면으로 실외기 두 대를 옮겼다.

구옥 리모델링을 하다 보면 생각지도 못한 곳에서 문제가 발생한다. 마당 초입에서 보면 처마가 있고 그 위에 또 어닝(차양)이 달려 있다. 여기에도 다 사연이 있다. 원래는 지하실 입구에 비가 들이치는 걸 막기 위해 마당 위쪽에 투명한 슬레이트 재질의 처마만 달았다. 기존에는 패널로 된 가건물이 있던 자리였다. 처마가 투명하면 빛도 들어오고 빗소리도 운치 있을 것 같아서 선택한 것인데, 비가 많이 온 다음 날 이웃 분들이 요란한 빗소리에 밤새 잠을 못 이뤘다고 말씀하셨다. 그래서 고민을 거듭한 끝에 비 오는 날 소음을 줄일 목적으로 어닝을 덧달았다.

'홍철전'에
들러보세요

　　나 스스로를 다잡고 용기를 북돋을 수 있는 긍정의 공간을 만들고 싶었다. 유럽의 여러 나라를 다녀봤는데, 흥미롭게도 어디를 가든 유명한 성당과 교회마다 소원을 비는 장소나 명물이 하나씩은 꼭 있었다. 사람의 손길이 닿은 것들은 얼마나 많은 사람들이 그것에 대고 소원을 빌었는지 죄다 닳아 있었다. 우리나라에도 소원을 빌면 이뤄진다는 곳이 많이 있다. 그동안 나는 그런 곳에 가더라도 뭔가를 빌어본 적이 없었다. 난 소원이 없는 사람이었다. 늘 지금, 이 순간순간에 감사하며 살았다. 내가 특별한 재능이 있는 것도 아닌데 하고 싶은 일 하면서 즐겁게 지낼 수 있다는 게 믿어지지 않을 만큼 행복했다.

　　그런데 미래가 어떻게 될지 모르는 상황이 내게도 닥쳤다. 당시 함께 여행하던 물리학자 형이 내 상황이 상황이니만큼 너도 소원을 빌어보라고 재우쳤다. 종교적인 믿음이 있는 건 아니지만 영험한 기운을 느껴보고 싶은 마음에 두 손을 모았다. 방송 활동을 정리해야 하나 말아야 하나를 고민하던 때여서, 만약 내가 다른 길을 간다면 무엇이든 시작할 수 있게 해달라고 소원을 빌었다. 신기했다. 무언가를 간절하게 바라는 행위가 그렇게 마음을 편안하게 해주고 의지가 되는지 몰랐다. 나중에 숙소에 돌아와서 소원을 비는 내 모습이 담긴 사진을 보고는 깜짝 놀랐다.
그때껏 소원 없이 살아온 내가 사진 속에서는 진짜 간절하게 무
언가를 바라고 있었다. 그때 빌었던 소원은 이런 거였다.

'흔들리지 않고 하고 싶은 것을 계속할 수 있게 해주세요.'
'제가 하고 싶은 걸 즐겁게 하게 해주세요.'
'생각하면 바로 실행에 옮기는 이 정신, 절대 잃지 않게 해
주세요.'

소원을 빌면서 기도하는데 기운과 기분이 좋아지는 게 느
껴졌다. 딱히 믿는 종교는 없지만 마음을 다잡고 스스로에게 용
기를 줄 수 있는 공간이 있으면 내게 도움이 될 것 같아 홍철전을
마련했다. 그런데 철든책방은 나 혼자 머무는 공간이 아니라 다
른 사람들도 찾아오는 곳이니, 나 자신에게는 의미 있는 장소인
동시에 다른 사람들에게는 거부감 없이 위트 있는 공간으로 열
려 있으면 했다. 그래서 키치하면서도 화려한 작업을 하는 하우
스오브콜렉션즈와 함께 홍철전을 만들었다.

무엇이든
돌아보세요

　　정신없이 살다가 뜻하지 않게 나를 돌아보는 시간을 갖게
되었다. 그렇게 잠시 멈추고 뒤를 돌아보며 정리했던 그 시간들이
내게 많은 깨달음을 주었다. 다른 사람들도 가끔씩 자기를 돌아볼
수 있는 시간을 가졌으면 좋겠다는 생각에서, 사방에 거울을 붙여
자신의 뒷모습까지 볼 수 있는 '거울의 방'을 만들었다. 처음에는
나만의 거울의 방을 만들 생각이었다. 하지만 이왕 만드는 것, 나
뿐만 아니라 철든책방을 방문하는 사람들도 잠시나마 뒤를 돌아
보는 시간을 가졌으면 좋겠고 그냥 가볍게 뒷모습을 보는 용도로
쓰더라도 색다른 재미를 줄 수 있을 것 같아 홍철전과 함께 마련
했다. 사실은 다른 사람이 아니라 나 자신에게 보내는 마음다짐의
메시지다. 앞으로도 종종 뒤를 돌아보면서 살고, 돌아보면서 깨달
았던 것을 잊지 말자는 의미를 담은 방이다. 이런 진지함을 빼더
라도, 외출할 때 옷차림이나 헤어스타일의 뒷모습까지 확인할 수
도 있다. 참고로 스스로의 맨얼굴을 잡티 하나하나까지 적나라하
게 마주하라는 의미에서 조명을 매우 밝게 설치했다.

CHULDNBOOKS

4
NEIGHBORHOOD

고요서사

서점편집자 차경희

자기소개 한번

저는 2015년 10월부터 해방촌에서 '고요서사'라는 문학 중심 서점을 운영하고 있습니다. 보통은 운영자라고 이야기를 하는데요. 대표나 사장이란 직함을 쓰기 싫어서 명함에는 '서점 편집자'라고 써서 다닌답니다. 조금 민망한 이야기일 수도 있는데 원래 출판 편집자이기도 했고, 서점도 책을 편집하듯 편집할 수 있는 공간이란 생각도 들어요. 편집숍 MD처럼 책을 편집하듯 서점을 편집한다는 의미와 함께 편집자의 정체성을 계속 가져가고 싶은 마음에 이렇게 저만의 직함을 마련해봤습니다.

전에는 어떤 일을 했나요?

쭉 출판 편집자로 일했습니다. 많은 분들이 제가 편집자 출신이라고 하니까 문학 전공자나 문학 전문 편집자일 거라 생각하는데 저는 그냥 문학 작품 읽는 걸 좋아하는 독자였고, 일은 주로 정치 관련 서적을 담당했어요. 사실 고요서사를 처음 준비할 땐 출판 경력의 연장선으로 생각하고 가볍게 시작했어요. 지금 30대 초

반이니까 하다가 힘들면 접고 다시 출판사에 들어가면 되지 않을까 하는 생각이 있어서 큰 걱정은 없었어요. 설사 잘 안 돼서 접더라도, 책을 팔아본 경험은 분명 편집자인 나에게 큰 경력이 될 거라고 생각했거든요. 그런데 지금은 생각이 많이 달라졌어요. '이왕 시작했으니까 잘해봐야겠다', 아니, '잘해보고 싶다'로요.

해방촌에 자리잡은 이유가 있나요?

원래는 해방촌을 생각하고 온 것은 아니었어요. 준비할 때 첫번째로 알아본 곳이 연희동이고 두번째가 연남동이었습니다. 다른 이유에서가 아니라 당시 살았던 집과 가까웠거든요. 그리고 임대료 문제로 막연하게 3순위로 생각한 곳이 그전까지 와본 적도 없는 해방촌이었어요. 그렇게 서점 자리를 알아보던 때 예전 직장 동료가 해방촌에서 카페를 하고 있다며 셰어하는 방안을 말씀해주셨어요. 일단 절대적으로 임대료 부담이 확 줄어들고 공간도 나쁘지 않아서 시작했습니다.
그런데 지내다 보니까 동네가 좋아졌어요. 제가 이사를 하면 새로운 동네에 적응하기까지

1~2년 넘게 걸릴 정도로 더딘 편인데 해방촌은 바로 적응하고 정이 들었어요. 동네에 어르신들도 많지만 젊은 사람들도 많아서 꼭대기에 있는데도 활력이 넘쳤어요. 무엇보다 동네 사람들 모두가 해방촌에 애정이 깊어요. 그 점이 굉장히 인상적이었어요. 어떤 사회에 속해 있다는 편안한 기분이 들게 해줬거든요. 그래서 이사를 해야 할 상황이 발생했을 때도 그냥 고집을 피워서 해방촌에 남았어요. 이미 이름에 '해방촌 문학 서점'이라고 넣어놓은 의미도 있고, 이 동네와 어우러져서 만들어가는 게 있는 것 같아서요. 이 자리도 5개월 정도 알아보다 얻은 곳이에요.

철든책방까지 동네에 책방이 많이 생기는 게 불안하진 않나요?

철든책방이 들어온다니까 주변에서 또 다른 책방이 생겨도 괜찮냐고 많이들 물어보세요. 그런데 다른 이웃 책방들도 마찬가지겠지만 한 곳이라도 더 있으면 같이 심야 책방도 할 수 있고 시너지가 났으면 났지 서로 잠식하고 그런 건 없어요. 거래처가 같으니까 배송 기사님의 업무가 좀 더 수월해지지 않을까 하는 현실적인 생각도 하게 되고요.

해방촌은 이미 책방이 모여 있는 동네예요. 같이 할 수 있는 걸 생각하면 긍정적인 게 많지 손님을 빼앗긴다거나 줄어들진 않아요. 이미 영업 중인 세 개 책방의 손님층도 크게 겹치지 않고요. 그리고 노홍철 씨도 손님이 없을 때 들르면 아무도 없다고, 어려운 책만 가져다놓아서 그런 거 아니냐고 장난치듯 걱정해주고, 손님이 있을 때는 들어와서 웬일로 손님이 있다고 놀리고 가기도 하고 그래요.(웃음)

마지막으로 해방촌은 어떤 곳이라고 생각하나요?

이곳은 장사하는 사람들도 지향하는 가치관이 맞는 것 같아요. 삶이나 사업 방식이라든지, 상업 공간이라도 사회에 기여할 수 있는 게 있다고 믿는다든지, 해방촌에 어울리게 인테리어나 간판을 과하게 하지 않으려고 노력한다든지 하는 것들이 신기하게 마음이 맞아요. 이런 이웃의 존재가 해방촌이란 동네의 특색을 만든 게 아닐까 생각해요.

직장을 다니는 단골 손님들도 너무 편하게 대해주세요. 다른 동네에서 책방 하는 분들의 이야기를 들어보면 동네 손님을 만들기가 쉽지 않다고 해요. 그런데 해방촌은 그렇지 않다는 게 가장 큰 특징이에요. 제 경우도 처음에는

찾아서 오는 손님이 훨씬 많았는데 지금은 퇴근길이나 장 보러 가는 길에 들르는 동네 주민의 비율이 굉장히 많이 늘어났거든요.

낮인사

그래픽 디자이너 오경섭

자기소개 한번

저는 시각디자인을 전공한 후 그래픽 디자인 스튜디오 '낮인사'에서 웹, 인쇄, 출판 등의 디자인 작업과 폰트 제작을 하는 그래픽 디자이너입니다.

그동안 어떤 작업을 해오셨나요?

디자인 업무를 주로 하면서, 폰트 제작도 하고 있습니다. 철든책방의 로고 타이포로 쓰인 서체가 제가 만든 별흘림체입니다. 별과 우주 등에서 모티프를 딴 코스모스 서체 패밀리를 만드는 게 목표이고, 아직 출시하지는 않았지만 지금까지 별고딕체, 별흘림체를 만들었습니다.

장난감이 가득한
이 공간을 소개해주세요

사실 이곳 에이미월드의 주인은 에이미입니다. 저는 단지 작업실로 마련한 공간을 함께 사용하는 중입니다. 에이미는 저와 마찬가지로 그래픽 디자이너이면서, 취미 이상으로 장난감을 모으는 친구입니다. 에이미와 저는 이곳에 오기 전에 충정로에서부터 함께 작업실

을 사용했어요. 그러다 화장실이 없는 것도 불편하고 해서 새로운 작업실 공간을 함께 알아보던 중에 해방촌 집 근처에 쇼윈도가 있는 공간이 나온 것을 봤어요. 작업실 겸 감당 안 되게 많은 에이미의 장난감들도 팔 수 있을 것 같아 바로 계약을 했습니다. 정의하자면 한쪽에 작업할 수 있는 공간이 딸린 셀렉트 토이숍이라고 말씀드릴 수 있을 것 같습니다. 운영을 일부러 유동적으로 하는 건 아닌데 밤낮이 바뀐 삶을 사는 편이라서 늦으면 오후 3시, 평소에는 1~2시에 오픈해서 기본적으로 저녁 9시까지는 열어둬요. 불은 켜져 있는데 문이 잠겨 있다면 그건 가까운 데 외출했다는 뜻이니 연락주시면 돌아옵니다.

해방촌에서 겪은
에피소드가 있나요?

한때 '미주리'라는 동네 술집을 자주 갔어요. 지금은 그만둔 당시 직원 분과 이야기를 나누는데 직업군인 출신이라 명함을 평생 한 번도 가져본 적이 없다는 거예요. 그래서 재미 삼아 제가 만들어 가져다드렸더니 그분이 그걸 SNS에 올리셨어요. 그런데 그걸 보고, 해방촌에 PT숍을 준비 중인 오난희 씨가 함께 작업

하자고 연락이 왔고, 지금은 친한 동네 친구가
됐어요. 사실 해방촌에 살기 시작한 지 3년이
넘었는데, 작년 말에 이 공간을 차리기 전까지
는 이 동네에 뭔가 하는 사람들이 이렇게 많이
사는 줄 몰랐어요. 이렇게 공간을 열어놓으니
손님으로 오가다가 이웃이 되는 경우가 부쩍
늘더라고요. 해방촌에서 살아온 지난 3년보다
최근 몇 개월 동안 일어난 일이 훨씬 더 많은
것 같아요.

철든책방에서 작업하게 된
이야기를 들려주세요

저는 어쩌다가 작업을 함께 하게 된 건지 정확
한 기억이 없어요. 되짚어보면 하오(해방촌 아티
스트 오픈스튜디오) 관련 미팅 때 처음 보긴 했는
데, 그땐 그냥 신기하단 생각밖에 못 했거든
요. 그러다 형이 철든책방 로고 관련해서 동네
아티스트들에게 의견을 구했고, 에이미가 제
서체를 추천해서 형이 그걸 보고 연락을 해온
게 첫 시작인 것 같아요.

마지막으로 해방촌은 어떤 곳이라고 생각하나요?

지금껏 살아오는 동안 처음으로 이웃(?)이 생긴 동네입니다. 그런데 더 이상 그럴 수가 없을 것 같아요. 앞으로 해방촌에 관심을 갖고 이 동네에서 공간을 구하려는 생각을 하는 분들은 생각하셨던 것보다는 지금이 더 많이 필요할 거예요. 좋아하던 카페, 친한 작가와 친구들 중 반 이상이 그런 이유로 떠났거나, 그럴 예정이거든요. 사실 저도 얼마나 버틸지 모

르겠습니다. 철든책방 바로 맞은편에 사는 페인팅 작가도, 전세금이 심하게 올라서 감당하지 못하고 이사를 준비 중입니다. 집과 작업실을 겸하는 그 작가에게 매우 소중한 공간이었을 텐데 이런 소식들은 매우 안타깝죠. 홍철 형도 그분 걱정을 특히 많이 하거든요. 그 집은 그 친구에게 가장 어울린다고. 제가 이 동네를 좋아했던 가장 큰 이유인 '휴일 점심의 나른함' 같은 공기는 신기루처럼 사라져버리고 있는 것 같아 안타깝습니다.

별책부록

운영자 차승현

독립출판물을 다루는
동네 서점은
어떻게 시작하게 됐나요?

저희 집이 성북동 쪽이에요. 유학을 마치고 돌아와 별다른 할 일이 없을 때 서촌을 좋아해서 자전거를 타고 자주 다녔어요. 애서가까지는 아니지만 책을 좋아하는 편이라 가가린에는 서촌에 나오면 늘 들렀는데, 어느 날 아르바이트 직원을 구한다는 이야기를 듣고 가볍게 해볼 만한 것 같아 시작하게 됐어요. 길게는 한 1년 정도 할 생각으로 시작했는데, 그곳에서 친구들도 사귀고 독립출판 관계자들도 많이 만나다 보니 지금까지 이어지게 됐습니다.

홍대 앞에서 해방촌으로 자리를 옮긴 이유가 있나요?

해방촌에 온 것은 순전히 '스토리지북앤필름' 사장님 때문이에요. 전 오픈 준비하기 전까진 해방촌에 한 번도 와본 적이 없었어요. 당연히 분위기도 몰랐고요. 이태원도 제가 즐겨 찾는 동네가 아니었거든요. 동교동에서 어려운 일을 겪고 있을 때 스토리지 사장님이 해방촌을 추천해줬고, 그렇게 한두 달 만에 자리를 잡게 됐어요. 사실 스토리지 사장님도 그전엔 서점

자기소개 한번

동교동에서 시작한 '별책부록'을 운영한 지는 2년 정도 되어갑니다. 해방촌으로 이사 온 지도 이제 1년쯤 됐네요. 그전에는 '가가린'이라는 작은 서점에서 4년 정도 매니저로 일했습니다. 서점과 관련된 경력은 이 정도고요. 지금은 처음 서점을 오픈했던 어쩌다가게 안에 있는 라운지를 함께 운영하고 있습니다.

관계자로서 호감을 갖고 교류하는 정도였지 그렇게 친한 사이는 아니었어요. 지금은 많은 일을 함께하는 사이지만. 아무튼 일이 이렇게 흘렀어요. 지금까지 별책부록의 모든 일이 즉흥적이었고 어쩌다 보니 그렇게 된 경우가 많은 것 같네요.

별책부록에 대해 소개해주세요

독립출판물을 다루는 동네 서점인데 다른 곳과 차이가 있다면 저희는 중고 물품을 많이 다뤄요. 책도 그렇고, 잡지 이월 호도 많이 가져다놓는 편이고요. LP나 턴테이블도 있어요. 무엇보다 찾아오는 분들이 부담을 안 느끼도록 신경 쓰는 편이에요. 저희 서점에 찾아오는 분들은 아무래도 젊은 손님들이 대부분인데 요즘 경기가 안 좋잖아요. 뭐 하나 사기도 부담스러울 거예요. 그래서 많은 사람들이 필요로 하는 물건들 중에서 최대한 저렴한 중고 물품을 구비해서 파는 게 저도 보람 있고 재밌더라고요. 저도 이렇게 싸게 사는 걸 좋아하니까요. 앞으로는 단순한 서점보다는 서점을 모태로 한 복합적인 편집숍 같은 형태로 발전시켜보고 싶어요.

마지막으로 해방촌은
어떤 곳이라고 생각하나요?

홍대 앞에서 해방촌으로 옮겨 오고 나서 처음에는 차이를 많이 느꼈어요. 일단 유동 인구 자체가 어마어마하게 달라요. 여기 와서 이런 점을 어떻게 타개해야 할지 많이 생각하게 됐어요. SNS도 더 열심히 하고, 여력이 되는 한 이벤트를 많이 준비했어요. 워크숍도 그런 노력의 일환으로 만든 프로그램이에요. 동교동에 있을 땐 판매만 했거든요. 그런데 재밌는

게, 버는 건 결국 비슷하더라고요. 기본적으로 부가가치가 매우 높은 일이 아니니까 그런 거겠지만요. 동교동에 있을 때 매출이 훨씬 좋았던 대신 그만큼 임대료가 비쌌어요. 게다가 오랫동안 문을 열어놓을 필요가 없는 해방촌과 달리 영업시간도 지금의 두 배 가까이 됐어요. 훨씬 바빴죠. 그러니 차라리 적게 일하고 적게 버는 게 나을 수도 있다는 생각이 들더라고요. 비슷한 수익이라면. 그런 점에서 해방촌은 적합한 곳이에요. 아직까지는 이사를 가야 한다거나 하는 부담도 없습니다.

이니김공작소

스테인드글라스 작가 이니 김

자기소개 한번

미술을 전공했지만 한 가지 장르에만 머무는 게 싫어서 그동안 다양한 일을 했습니다. 가구도 만들고 그림책도 만들고 이 공간 인테리어도 직접 했어요. 또 여행을 굉장히 좋아해서 빈티지 소품을 판매하는 일도 하고요. 그러다 유리와 빛의 매력에 푹 빠져서 최근 2~3년 정도는 스테인드글라스 공예를 중점적으로 하고 있습니다.

스테인드글라스의 매력은 뭔가요?

스테인드글라스는 밖에 있는 빛을 내 공간으로 끌어들여줘요. 저는 반짝이는 소재가 사람들에게 좋은 기운이나 에너지를 준다고 생각해요. 서양에선 반짝이는 물결이나 별, 달, 햇빛을 보면 기분이 좋아지고 좋은 기운이 든다고 하거든요. 그런 걸 도와주는 게 유리 오브제들인 것 같아요. 창문에 달아두는 이런 유리 장식물을 영어로는 '선캐처(suncatcher)'라고 불러요. 반짝반짝거리는 빛을 집으로 불러들이는 거죠. 여기 보이는 것들이 스테인드글라스 기법으로 만든 선캐처인데, 이 안에 물을

넣어서 만들면 프리즘 효과가 일어나서 집 안에 무지개를 만들어주기도 해요. 무엇보다 예뻐요. 그게 매력이죠. 그리고 정말 만들기가 힘들어서 보람과 쾌감이 제가 그동안 해왔던 다른 작업보다 훨씬 커요.(웃음)

이곳 공간을 소개해주세요

원래는 온라인 빈티지숍을 운영했어요. 2014년에 작업실 겸 빈티지숍을 할 생각으로 여길 마련했던 거죠. 이 공간을 저는 '스완센터'라고 부르는데, 제가 더블린에 잠시 살았을 때 동네에 있던 작은 상가 이름이 스완센터였어요. 학원, 슈퍼 등이 다 있는 복합상가였는데 실제로 앞에 백조도 있었고요. 당시 기억이 저한텐 굉장히 특별해요. 그때 쓰던 이니 김이란 이름도 계속 쓰고 있고, 이곳에도 '내가 하고 싶은 걸 다 해야지' 하는 마음으로 스완센터라고 이름 붙였어요. 늘 오픈하는 건 아니고 예약 방문만 받아요. 그래서 항상 커튼을 치고 있는데, 가끔 호기심에 노크를 하고 들어오는 외국인 이웃도 있어요. 앞으로는 센터라는 이름에 걸맞게 정기적으로 오픈 할 생각입니다.

해방촌에서도
조금 조용한 골목에 자리잡게 된
이유가 있나요?

전 오래된 동네가 좋아요. 집들도 오래전에 지어진 건물들을 선호하고요. 해방촌과 딱히 인연이 있었던 게 아니라 오래된 동네를 찾아다니다가 오게 됐어요. 이곳은 원래 건물 주차장으로 지어진 공간이에요. 바닥도 조금 기울어 있고 안쪽으로 깊숙하게 들어간 공간이 재밌어서 자리잡기로 결정했어요. 역세권이나 아티스트 동네 등의 조건은 아예 고려하지 않고, 조용한 주택가라서 더 좋았습니다.

철든책방에서
어떤 작업을 했나요?

작은 창에 끼울 스테인드글라스를 작업했고, 조그만 스탠드 갓을 만들었어요. 사실 처음 말이 나왔을 때, 제가 가진 것들과 노홍철 씨의 색깔이 안 맞을 수 있을 것 같아 조심스럽게 말씀드렸어요. 그랬더니 그럼 한번 같이 찾아보자면서 여기서 보고 간 것들, 제 SNS에 올라온 작품들 사진을 보고 의견을 나누는데, 편하고 좋았어요. 현장을 보고 제가 구상한 것을 말하니까 오히려 노홍철 씨가 감사하게도 제 시그니처라 할 수 있는 파랑새를 넣자고 먼저 제안해주셔서 지금의 디자인이 나오게 됐어요.

사실 욕심을 좀 낸 작품이에요. 제가 작업했던
것 중 큰 편에 속하는 데다 예쁘게 만들고 싶어
서 조각을 많이 나누다 보니 굉장히 복잡해졌
어요. 조각이 230개가 넘어요. 유리 조각을 다
자른 다음 안료로 그림을 그리는데 먼저 외각
선을 그린 후 가마에 두 조각씩 구워내요. 그
리고 명암 넣고 다시 굽고, 그 위에 다시 선 그
리고 굽고, 식히고, 그 과정이 다 끝난 후에야
비로소 망치질로 조립을 할 수 있습니다. 그러
다 보니 2시간을 작업해도 10센티미터 정도밖
에 진도가 안 나가는 거예요. 마지막에는 시간
이 부족해서 며칠 밤을 새우면서 작업했어요.
스탠드 갓은 예정에 없던 건데 인테리어 시공
팀이 스완센터에 미팅하러 왔다가 제가 만든
다른 스탠드 갓을 보고 부탁해서 만들게 됐어
요. 책방이니까 책 펜던트를 달아서 디테일을
살려봤어요.

마지막으로
해방촌은 어떤 곳이라고
생각하나요?

골목 탐험의 재미가 쏠쏠한 동네예요. 예전 건
물들이 많아서 철든책방을 포함해 신기하게
생긴 집들이 엄청 많이 모여 있거든요. 겉으로
보면 정말 아무것도 없을 것 같은 동네인데 우
리 스완센터 같은 곳이 곳곳에 숨어 있어요.
이런 점이 서울의 그 어떤 동네와도 다른 재미
를 주는 것 같아요. '하오(해방촌 아티스트 오픈스
튜디오)' 같은 행사에 놀러 오는 분들한테 들어
보면 다들 이렇게 이야기해요. 꽤 넓은 동네고
언덕 경사가 심한데도 다들 즐겁게 돌아다니
시면서요.

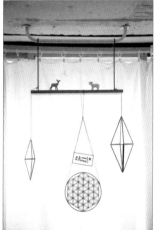

실버키트하우스

금속공예가 이성철

자기소개 한번

대학에서 금속공예를 전공했고, 졸업 후에는 주얼리 회사에서 근무했습니다. 그러다 2014년부터 해방촌에서 '실버키트하우스'라는 작은 작업실 겸 공방을 운영하며 금속공예와 관련된 다양한 작업과 수업을 진행하고 있습니다.

실버키트하우스는
어떤 곳인가요?

사실은 제가 좋아하는 일을 하려고 차린 공간이에요. 당시 제 작업에 대한 갈증이 좀 있었거든요. 퇴사할 당시만 해도 일본으로 유학을 갈 생각이었어요. 그런데 준비 과정에서 이런저런 문제가 생겨서 갈 수가 없게 됐어요. 그때 유학을 못 가고 다른 일을 하게 되더라도 나만의 작업을 할 수 있는 조그마한 개인 작업실을 만들자고 해서 마련한 공간입니다.

그런데 아무리 저렴한 개인 공방이라지만 유지 비용을 해결해야 했어요. 주변에서 이런저런 조언을 들으면서 할 수 있는 것들을 정리하는 와중에 마침 이웃 해방촌 아티스트 몇몇 분이 관심을 가져주고 배우고 싶어해서 금속공예의 기본을 가르치는 일을 시작하게 됐어요. 따로 홍보를 하진 않았는데 알음알음 입소문을 타면서 지금은 취미반 수강생들의 1:1 수업을 주로 진행하고 있습니다. 작은 공간이지만 녹이고 두드리고 깎는, 금속공예의 기본이 되는 모든 작업을 할 수 있습니다.

계획 중인 프로젝트가 있나요?

조금씩 이곳을 찾는 분이 늘어나다 보니 수업을 들으러 오는 분들도 그렇고 가끔 지나가는 분들도 그렇고, 제가 만든 제품이나 작품 여러

가지를 보길 원하시더라고요. 제가 생각해도 어떤 걸 만드는 사람인지 알아야 더 마음이 놓일 것 같기도 해서 주얼리부터 문구류, 에어플랜트 거치대 등등 여러 제품을 더 많이 가져다 놓고 판매도 더욱 활성화할 생각입니다. 아마도 이 책이 나왔을 때는 저의 제품들을 온라인으로도 보고 구매할 수 있는 실버키트하우스 온라인 쇼핑몰이 오픈했을 거예요.

왜 해방촌에 자리잡았나요?

친구들이 이 동네에 많이 살고 있어서 익숙한 동네거든요. 작업실을 구할 때 여러 동네를 찾아봤어요. 서촌, 홍대 쪽도 다 다녀봤죠. 그런데 돌아볼수록 분위기도 분위기지만 저렴한 가격도 그렇고, 친구들도 주변에 있고, 여기 말고 다른 곳에서 작업실을 구할 이유가 없더라고요.
당시는 이 동네에 작가들이 그렇게 많이 있는지도 몰랐어요. 경제적인 이유와 익숙한 동네라는 이유가 제일 컸어요.

철든책방에서 어떤 작업을 했나요?

'하오' 준비 회의 자리에서 홍철 형을 처음 만났는데, 처음에는 정말 신기했죠. 그러다 정말 동네 형처럼 자연스럽게 스스럼없이 오며 가며 들르고, 하루는 형이 제 공방에서 반지를 직접 만들기도 했죠. 그렇게 친한 이웃으로 지내면서 함께 할 수 있는 게 없을까 같이 고민을 많이 했어요. 그러다 신당, 동상, 이런 쪽에 아이디어를 맞춰서 '홍철전' 현판 아이디어가 나왔죠. 이 정도의 작업물은 일종의 '대공'이라고 해요. 평소 만들던 것보다 사이즈도 크고 작업이 많은 일이라 오픈일에 마감을 못 맞춰서 죄송했습니다. (웃음)

마지막으로 해방촌은 어떤 곳이라고 생각하나요?

편한 이웃이 있는 동네예요. 젊은이들, 외국인들과 오랫동안 섞여 지내다 보니 어르신들도 전혀 배타적이지 않고 인사를 하면 잘 받아주고 열려 계세요. 젊은 사람이 와서 뭐 한다고 해도 이상하게 보는 시선이 전혀 없어요. 종종 뭐 하는 곳인지 놀러도 오시고, 공구를 빌려 가시기도 하고요. 오늘도 약국 사장님이 블라인드 다는 데 필요한 공구를 빌려달라고 찾아오셨어요. 바로 앞 오토바이 가게 사장님은 제 오토바이가 고장 났을 때 며칠 타고 다닐 오토바이를 빌려주시기도 했답니다. 조금 먼 미래를 위해 준비하는 일이 있긴 하지만, 별일 없는 한 앞으로 몇 년간은 저도, 실버키트하우스도 해방촌의 이 자리를 계속 지키고 있을 것 같습니다.

스토리지북앤필름

운영자 강영규

자기소개 한번

서점을 하기 전에는 은행을 다녔어요. 취미가 필름 카메라로 사진을 찍는 거였는데 그게 계기가 되어 충무로에서 필름 카메라 파는 일을 하게 됐습니다. 2011년부터는 그 한쪽에서 독립출판물을 병행해서 판매하기 시작했고요. 2013년 12월 해방촌으로 이사 오면서 은행과 카메라 판매를 그만두고, 본격적으로 책을 팔고 관련 워크숍과 행사를 주최하는 독립출판 전문 서점을 운영하고 있습니다.

서점, 그것도 동네에서
독립출판 서점을 하게 된 이유가
궁금합니다

계기는 제 사진들로 책을 내고 싶었던 거예요. 여러 가지로 고민하던 차에 마침 친구가 독립출판물의 세계를 알려줘서 제 책을 만드는 김에 아예 서점까지 함께 하게 됐어요. 당시에는 독립출판물을 다루는 책방이 4~5군데밖에 없었거든요. 그런데 그 서점들마다 자체적인 입점 기준이 있어서 입고 요청을 하고 기다리는데 너무 조마조마한 거예요. '300부나 제작했는데 안 받아주면 어떻게 하지?' 이런 게 싫더라고요. 독립출판의 존재 이유가 창작의 자유인데, 또 하나의 검열 창구를 거쳐야 한다는 게 싫어서 검열 없는 독립출판 서점을 차리고자 생각했습니다. 물론 입점은 됐습니다.

서점을 왜 해방촌으로 옮겼나요?

시골 풍경을 가진 동네가 좋아서 그 기준에 맞는 동네를 찾아봤습니다. 원래 있던 충무로가 1순위, 그 외에는 이화동, 원서동, 원남동 정도를 고려했어요. 그런데 충무로는 1층으로 가면 임대료가 너무 비싸져서 포기했어요. 당시는 회사를 다니면서 주말에만 열 생각이었으니까요. 나머지 동네도 하나씩 뭔가가 안 맞았고요. 그러다 퇴근길에 후암동 사는 친구를 데려다주고 해방촌오거리로 차를 타고 올라가는데 낡은 유리로 된 쇼윈도에 '임대'라는 두 글자와 월세 얼마, 휴대폰 번호가 딱 적혀 있었어요. 운명적으로 '아, 여기다' 싶어서 바로 잡았습니다. 사실 그전까진 용산구라는 곳에 와본 적이 없었습니다.

동네 서점, 독립출판 서점계의
터줏대감으로서 철든책방과
새로 시작하는 동네 책방에
한마디 해주세요

2년이 기점인 것 같아요. 서점이 계속 가거나 그만두거나. 특별히 할 말은 없어요. 최근 독립출판 서점이 많이 생기기도 했고 제작자들의 폭도 넓어진 건 맞는데, 저는 동네에서 그냥 하던 대로 꾸준히 하자는 것 외에 다른 생각은 없어요. 책 판매도 그렇고 워크숍 프로그램, 언더그라운드 마켓, 관련 전시와 행사 등

등 지금 하고 있는 것들을 어떻게 더 깊고 튼튼하게 뿌리내릴지를 고민하는 중이에요. 이 모든 게 2014년도부터 본격적으로 시작한 거라 아직 뿌리가 깊이 내린 상태는 아니거든요. 그래서 누군가에게 조언을 할 입장이 못 되고 저 스스로도 아직은 기반을 다지는 단계라고 생각해요. 다만 그냥 서점이라기보다 작은 책방, 동네 서점에서 할 수 있는 것들을 고민하고 그것을 어떻게 뿌리내릴지, 그 방법을 늘 찾고 있습니다. 이런 점들은 서점을 지금 하고 있거나 앞으로 하실 분들도 함께 고민해봐야 할 일들인 것 같습니다.

마지막으로 해방촌은
어떤 곳이라고 생각하나요?

이사 올 때 10년을 내다봤습니다. '그동안 여기에 뭐가 들어오겠어?' 이런 심정이었죠. 그런데 벌써 공방도 많이 들어왔고 붐비지는 않지만 활력 있는 동네가 됐습니다. 곳곳마다 조그마하게 뭔가 생기고 자리하고 있는 게 매력인 것 같아요. 이런 분위기가 해방촌을 자유분방하게 만드는데 홍대, 경리단길 같은 곳과 달리 붐비지 않아서 좋아요. 한마디로 유행 타는 동네는 아닌 것 같아요. 새로 생긴 가게나 공간들이 오래된 동네와 잘 어울려요. 아무리 뜬다 해도 여기는 언덕이 많아 걷기도 힘들고, 주차 문제도 있어서 그렇게 힙해지긴 어렵다고 생각해요. 전 그게 오히려 해방촌의 매력을 높여주는 장점이 되지 않을까 생각합니다. 여건이 된다면 계속 이 동네에 있고 싶어요. 여기 있다 보니 저란 사람 자체가 해방촌이란 동네와 가장 잘 맞는 것 같습니다.

하우스오브콜렉션즈
& 러봇랩

조정미, 이지나, 홍지연
& 홍현수, 신원백

홍현수   홍지연   조정미   이지나   신원백

자기소개 한번

House of Collections

조정미(조) | SVA(School of Visual Arts)에서 그래픽 디자인(모션그래픽)을 전공한 뒤, 뉴욕 모션 디자인 회사에서 2D 그래픽 디자이너로 일하다가 귀국하여 엔터테인먼트에서 비주얼디렉팅을 했습니다. 그 후, 그래픽, 모션 관련 디자인 스튜디오에 차장으로 근무하다 사표를 내고 하우스오브콜렉션즈를 함께 운영하고 있습니다.

홍지연(홍) | SVA에서 조소를 전공하고, SAIC(School of the Art Institute of Chicago)에서 페인팅으로 석사 졸업했습니다. 졸업 후에도 미국 내 여러 레지던시에서 활동하다가 뉴욕으로 돌아가 게스트하우스이자 아트프로젝트인 'SALON 151'을 운영했습니다.

이지나(이) | SVA에서 페인팅을 전공했어요. 졸업 후 개인 작품 활동을 하면서 가회동의 한 인테리어 셀렉트숍의 운영 파트너이자 전시 큐레이터로 활동했습니다. 저희 셋은 뉴욕에서 SVA를 함께 다녔어요. 그때도 저희끼리는 물론이고, 많은 아티스트들과 그룹을 만들어 전시를 함께 했어요. 졸업하면서 각자 따로 떨어져 지내다가 비슷한 시기에 귀국을 한 것이 다시 뭉친 계기가 됐습니다. 작년 4월부터 'House of Collections(HoC)'라는 이름으로 함께 하고 있습니다.

LOVOT LAB

홍현수 | SAIC에서 아트앤테크놀로지 석사를 마치고, 전자회로와 프로그래밍을 활용한 미디어의 기술과 생명을 주제로 작품 활동을 하고 있습니다. 디지털 기술을 중심으로 다양한 미디어를 활용한 작품 활동을 하면서 홍익대학교를 포함한 몇몇 학교에서 강의를 하고 있어요. 원백이와는 홍익대학교 선후배로 만나서 각자 미국과 독일에서 미디어 아티스트로 활동하다 지금은 미디어 아티스트 그룹 'LOVOT LAB(러봇랩)'에서 같이 활동하고 있습니다.

신원백 | 독일의 Academy of Media Arts Cologne 디플롬(석사) 과정을 마치고, 모든 미디어의 기반이 되는 전기에너지 및 눈에 보이지 않는 에너지를 예술과 인문학적 관점으로 고민하고 재해석해서 시각화하는 미디어 아트 작품 활동을 하고 있습니다.

주로 어떤 작업을 하고 있나요?

홍 | 콘셉트를 정해 공간 디자인을 하거나, 관련 설치물을 제작하는 프로젝트를 주로 하고 있어요. 갤러리뿐만 아니라 삶 속에서 자연스럽게 경험할 수 있는 작품들을 만드는 것이 저희 그룹이 지향하는 방향입니다. 첫 프로젝트는 패션 브랜드 룩북의 콘셉트 아트디렉팅이었어요. 저희 프로젝트 중 하나인 클레이를 활용해서 룩북에 들어가는 세트 디자인을 포함해서 그래픽 디자인 작업까지 했어요. 그리고 저희가 인테리어에 관심이 많아요. 작품 전시뿐만 아니라 인테리어 소품, 가구부터 공간 디자인까지 영역을 두지 않고 작업을 넓혀갈 생각이에요.

이 | 클레이 프로젝트인 Timeless 'SALON' 전시를 복합문화공간이자 헤어살롱인 '에이바이봄'에서 했고, 에이바이봄 2호점인 'Supersense A.'의 공간 스타일링을 진행하였습니다. 그리고 10월에 우리 인테리어 프로덕트 브랜드인 'Art in House'의 런칭쇼가 전시 형태로 진행됩니다. 선두 주자로 카펫과 거울을 선보일 예정인데 이 작업을 위해 지난 1년 동안

열심히 준비했습니다. 이 런칭쇼(전시)에 러봇랩도 함께하고 있는데, 마침 홍철전 콘셉트와 맞는 부분이 있어서 참여를 부탁했습니다.

철든책방에서 어떤 작업을 했나요?

조 | 스툴 이미지 디자인부터 시작했고 그 다음 홍철전을 만들었어요. 홍철전 아이디어는 노홍철 씨가 이미 갖고 있었는데 저희가 아이디어를 낼 때마다 편하게 받아주셔서 수시로 연락을 주고받으면서 의견을 나눴어요. 철든책방 데스크에 놓여 있는 스티커는 원래 신당의 LED 조명 효과 및 긍정의 의식으로 벽에 붙이는 용도로 제작했는데, 더 많은 사람들과 공유하고 싶어 자리를 옮겼습니다.

이 | 홍철전의 콘셉트를 정할 때 다양한 나라의 신당 이미지와 종교 의식을 조사했어요. 이후 노홍철 씨와 의견을 주고받으며 멕시코 쪽에 많이 있는 조금은 키치한 개인 신당들을 참고했습니다. 홍철전은 겉으로 보기엔 굉장히 화려해요. 저희는 이 화려함 속에서 차분함을 살리려고 노력했습니다. 신당이란 개념보다 노홍철의 마음의 방이란 개념으로 접근했습니다.

홍 | 노홍철 씨가 가지고 있는 긍정 에너지를 담은 소품들은 전부 페인트, 왁스, 리포메이션 제작을 통해 만들었어요. 앤티크 단상도 새로 페인트칠하고, 벽지도 패턴을 만들어 직접 붙였어요. 작은 브라운관 TV도 마찬가지고요. 작은 공간이지만 작업 자체가 레이어를 쌓아가는 일이다보니 시간이 꽤 많이 들었어요. 소품 하나하나, 이미지 하나하나에 긍정의 에너지를 담아 작업하다 보니 긍정의 기운이 정말 느껴지는 것 같아요.

조 | 홍철전의 작은 상 위에 '#철든한수' 카드가 있어요. 카드에 쓰여 있는 'Share Luck & Spread Love'라는 말 그대로 긍정의 말과 긍정의 기운을 나누는 행위가 활발히 공유되었으면 좋겠어요. 그래서 부적처럼 지갑 같은 곳에 넣어 다닐 수 있게 만들었어요.

홍현수 | 홍철전의 LED 효과는 원색 대비가 화려한 전단지를 보다가 생각 난 아이디어에요. 빛이 비치는 것에 따라 강조되는 색이 달라지는 게 재밌더라고요. 신당도 색을 화려하게 쓰니까 LED를 활용해 적용하면 효과적일 것 같았습니다. 문을 닫으면 조명이 서서히 바뀌어요. 열면 멈추고요. 문이 아예 다 막혀 있으면 더 확실한 효과가 있을 텐데 그 점이 아쉬워요. 처음 문을 열면 그냥 노란 조명인데 문을 닫으면 컬러가 변하면서 어느 특별한 공간에 홀로 들어온 듯한 느낌을 주려고 마련해봤습니다.

마지막으로 해방촌은 어떤 동네라고 생각하나요?

이 | 저희 스튜디오(스토리지)가 해방촌오거리에 있어요. 창문을 열어 놓으면 다양한 외국

어가 생생히 들리는데, 처음 며칠은 내가 지금 한국에 있는지 뉴욕에 있는지 헷갈리더라고요. 유학 생활에서 겪었던 여러 문화의 정취 같은 게 있다고 할까요. 어린아이들부터 어르신들까지 여러 세대가 어우러져요. 곳곳에 젊은 아티스트들의 공방도 있고 옛날 동네 분위기도 살아 있고요. 서울 한가운데 있지만 서울에서 뚝 떨어져 나와 있는, 시간도 응축되어 있고 고즈넉하면서도 글로벌한 분위기가 신기한 동네예요.

홍 | 스튜디오를 얻으러 돌아다닐 때 이 건물의 옥상에 올라갔다가 반해서 해방촌에 오게 되었어요. 남산타워가 바로 눈앞에 있고, 저희 옥상이 해방촌에서 가장 높은 곳이라 서울 시내가 360도 조망돼요. 유학 생활 때 옥상에서 친구들과 모여 함께 했던 추억과 로망이 있거든요. 알아보니 저희 건물뿐 아니라 해방촌은 대부분의 건물에 옥상이 있다고 해요. 이런 점이 이 동네만의 매력인 것 같아요.

ROUGH FOOTPATH

TO THE STATUE OF LORELEY

ENTER AT YOUR

OWN RISK

드디어
철든책방의 문이 열리고

　책방은 기대했던 것보다 훨씬 더 재밌다. 일단 머릿속으로만 상상했던 일들이 실제 현실이 되어 눈앞에서 벌어지는 게 신기했다. 책을 살펴보는 사람들이 이 공간을 가득 메우고, 심지어 사 가기까지 했다. 나는 컴퓨터 앞에 서서 며칠 전부터 밤새 끙끙거리며 등록한 책들을, 역시나 서툴고 어설프게 결재를 하고 있었다. 감사하게도 아무도 재촉하지 않고, 잘 참고 기다려주셨다. 상상만 하던 일을 실제로 한다는 게 흥분될 만큼 신났다. 우리 나이로 서른여덟 살. 보통은 정해진 익숙한 일을 할 나이인데, 전혀 새로운 일을 시작한다는 설렘과 떨림과 주체할 수 없는 에너지가 솟구쳤다. 그래서인지 처음 문을 연 3일 동안 평균 7시간 정도 자리를 지키고 있었는데 단 1초도 자리를 비울 수가 없었다. 배도 고프지 않았고 화장실에도 한 번 가지 않았다. 시간이 어찌나 빨리 지나가는지 어둑해져서 시계를 보면 어느새 마칠 때가 되어 있었다.

　가장 신나는 일은 책과 책방이 맺어준 사람들과의 만남이었다. 책을 보러 온 손님, 동네에 뭐가 생겼다고 궁금해서 찾아온 주민들, 팬들, 공간에 관심이 많은 젊은 손님들은 물론 부산, 광주 등등 먼 곳에서 온 분들도 있었다. 도서 프로그램 제작진부터 시작해 다양한 출판 관계자들도 많이 찾아왔다. 찾아온 분들과 인사를 나누고, 책 이야기를 주고받고, 어떤 책을 입고할지 말지를 고민하고… 어느새 내가 책방 주인의 모습을 하고 있었다. 요즘은 도서 물류 서비스가 워낙 잘되어 있어 대부분 메일이나 시스템을 통해 간편하게 책을 주문하고 받는다. 그런데 직접 책을 만든 사람에게 기획 의도부터 판매 후 어떤 의미 있는 일에 도움이 되는지에 대한 설명까지 세세하게 들으니 내가 생각지도 못한 세계를 알아가는 즐거움이 더욱 크게 다가왔다.

생각과 느낌이 통하는 사람들과 만나는 기쁨도 매우 컸다. 대다수 손님들의 첫마디가 "찾기 힘들었어요"였다. 그런데 이렇게 들어와보니 이런 공간이 있어 너무 놀랐다며, '아지트' 같다는 말을 많이 했다. 아지트. 내가 처음 이 공간을 보고 가졌던 생각과 느낌, 이 공간에 담고자 했던 의미 그대로였다. 고생 끝에 찾아오는 낙처럼 어렵게 찾아 헤매다 만나는 희열을 선사하고픈 마음을 미리 말씀드린 것도 아닌데, 처음 내가 이 공간을 마주했을 때 느꼈던 그 기분을 손님들도 마찬가지로 느낀다는 것이 신기했다.

사실 오픈 전에는 찾아오는 손님들에게 홍철전을 비롯해 철든책방 공간에 대해 간략하게나마 설명할 계획이었다. 그런데 처음 몇 분을 응대하다가 어느 순간 예상보다 많은 손님이 찾아와 카운터 근처를 떠날 수 없게 됐다. 그런데 몇몇 분들이 "저 거울의 방은 나를 돌아볼 수 있어서 좋았어요"라고 먼저 말씀해주셨다. 나는 내 생각을 알아준 것이 놀랍고 감사해서 "오~ 그게 제 의도예요!"라며 기쁨의 맞장구를 쳤다. 그렇게 아무도 아무런 말을 안 했지만 지하는 조용히 책을 보는 공간이 되었고, 소란스러워질까봐 가장 걱정했던 옥상도 매우 정숙하게 눈으로 즐기고 느끼는 공간이 되었다.

2층은 개방을 할지 말지 끝까지 고민했던 공간이다. 집 누수 공사가 꽤 커지면서 글을 쓰는 지금 한 달 이상 머물고 있기도 한 나의 사적인 영역이기 때문이다. 그런데 이곳을 찾는 분들이 오히려 내가 그곳에 머물고 있다는 사실을 흥미롭게 여겨주고, 감사하게도 그대로 지켜주면서 공간을 이용했다. 지인들이 놀러 오면 꼭 추천하는 천창 아랫자리는 그 누구의 설명도 필요 없이 이미 핫 스팟이 되어 있었다. 여고생 네 명이 누워서 하늘을 바라보는 모습은 천진하고, 임산부가 편하게 쉬고 있는 장면은 평화로웠다. 아이들이 해맑게 뛰놀다 하늘을 신기한 듯 바라보는 모습은 행복한 그림이었다.

내가 처음 이 공간을 보고 느꼈던 감정, 내가 이랬으면 좋겠다는 의도로 만들고 전하고 싶었던 기운이 철든책방을 찾아오는 분들에게 고스란히 전달될 수 있다는 것이 신기하고 매일매일 놀라움을 느낀다. 아직은 이 일을 잘 안다고 할 수 없는 초보 책방 운영자지만 실제로 해보니 기대했던 것보다 몇 배는 더 즐겁다.

철든책방

첫판 1쇄 펴낸날 2016년 10월 24일

지은이 노홍철
발행인 김혜경
편집인 김수진
책임편집 김교석
편집기획 이은정 이다희 백도라지 조한나 윤진아
디자인 김은영 정은화 엄세희
경영지원국 안정숙
마케팅 문창운 노현규
회계 임옥희 양여진 김주연

펴낸곳 (주)도서출판 푸른숲
출판등록 2002년 7월 5일 제406-2003-032호
주소 경기도 파주시 회동길 57-9번지, 우편번호 413-120
전화 031)955-1400(마케팅부), 031)955-1410(편집부)
팩스 031)955-1406(마케팅부), 031)955-1424(편집부)
홈페이지 www.prunsoop.co.kr
페이스북 www.facebook.com/prunsoop   **인스타그램** @prunsoop

ⓒ노홍철, 2016
ISBN 979-11-5675-671-2(03810)

∘ 잘못된 책은 구입하신 서점에서 바꾸어 드립니다.
∘ 본서의 반품 기한은 2021년 10월 31일까지 입니다.

이 도서의 국립중앙도서관 출판시도서목록(CIP)은 e-CIP 홈페이지(http://www.nl.go.kr/ecip)와
국가자료공동목록시스템(http://www.nl.go.kr/kolisnet)에서 이용하실 수 있습니다. (CIP2016024117)